향
수
해

일러두기

1. 이 책은 《불교신문》 연재작 〈향수해〉를 모아 엮은 것이다.

2. 경전 제목은 《 》로 묶었다.

3. 국립국어원의 어문 규범을 기준으로 삼되 용례가 없는 경우에는
   관용적 표기를 따랐다.

4. 시적 허용과 저자의 입말을 살린 표현은 그대로 두었다.

향 수 해

연꽃 핀 바다처럼 향기로웠다

── 도정 지음 ──

담앤북스

향수해香水海는 화엄경에 나오는 '연꽃 피는 향기로운 바다'를 이르는 말이다.

화엄의 연꽃은 우주를 하나의 꽃으로 상징화시킨 것이며 모든 존재가 가진 각자의 고유한 세상을 대변하는 말이다.

연꽃은 고독하면서도 독립된 개체로서의 고유한 우주지만, 한편 상호 연결되어 소통해야만 존재하는 연기적緣起的 생명체며 그 향기다. 그대의 숨겨진 본체다.

온갖 고통과 즐거움, 슬픔과 행복이 파도처럼 넘실거리는 화엄의 바다에 핀 그대의 연꽃은 어떤 향기를 머금고 계시는가?

그대는 내가 아닌 타인과 어떤 관계를 맺고 있으며, 이 세상을 어떻게 받아들이며 살아가시는가?

수행자로서 삼 년간 일주일에 한 편씩 삶의 독백처럼 썼던 글을 모아 책으로 엮었다.

독자들에게 불교의 어떤 깨달음을 사칭하거나 강요하는 교언巧言이기보다는 그저 나와 타인을 좀 더 이해하고 더 많이 사랑할 수 있는 심중 씨앗이기를 바란다.

이 세상에 태어나서 늙고 죽는 일이 허무하거나 부질없음을 뛰어넘어 무엇보다 소중한 순간순간의 연속이었음을 재발견하는 계기가 되었으면 좋겠다.

도정(승려 시인)

목차

괴로움을 덜고 달래다,
위로

몹시 아끼고 귀중히 여기는 마음,
사랑

홀로 되어 쓸쓸한 마음이나 느낌, 외로움

믿고 받드는 마음,
신심

흐뭇하고 흡족한

마음이나 느낌,

기쁨

정겨운

한철의 졸음

참선하는 이는 선禪에 인연하여
미혹을 끊고 진제眞諦를 본다고 하나
이것이 모두 망상임을
깨달아 알면 곧 해탈이니라.

−《대승입능가경》

흐뭇하고 흡족한 마음이나 느낌, 기쁨

여름안거 선방도 한철을 지나는 중이었다. 담장에 어깨 걸쳐 핀 능소화도 한철을 지나는 중이었다. 수행도 한철, 꽃도 한철, 젊음도 한철이었다. 수행에 철이 어디 있느냐고 힐문한다면 답이 궁색해지긴 하지만, 선방에 앉아 몸으로 하는 수행은 늙어지면 허리가 굽고 앉을 힘이 없어지니 한철이 아니라고 말하기도 어렵다.

용맹정진하는 선원에 사진을 찍으러 갔다가 나뭇가지에 앉은 잠자리마냥 꾸벅꾸벅 조는 스님을 보았다. 죽비를 든 스님께서 가만히 다가가 어깨를 내리치고서야 졸던 스님은 자리를 고쳐 잡는다.

앉은뱅이 졸음도 한철의 절집 행사거니와 난 뭘 잡고 한철을 졸았던가 생각해 본다. 깨어도 깬 적 없는 시절인연만 같은 승복 속의 몸뚱아리가 자꾸 나이를 먹는다. 그러니 앉아서 조는 스님이 더없이 정겹다. 성성함을 잠시 잊어버린들 적적함마저 잊을 리는 없었으니 선방의 수행이 꽃보다 향기롭지 아니한가. 나비가 나를 꿈꾸는 것일지언정 한철의 허물은 아닐 것이었다.

지
혜
의
밝
음

밝음에서 어둠으로 들어가는 수 있고, 어둠에서 밝음으로 들어
가는 수 있고, 어둠과 어둠 계속하는 수 있고, 밝음과 밝음 서로
인연하는 수 있나니.

—《불소행찬》제4권

흐뭇하고 흡족한 마음이나 느낌, 기쁨

정체되면 답답하다. 도로에 차가 정체되면 답답하고, 생각도 정체되면 답답하기에 고루하다고 말한다. 사는 곳도 사는 행태도 변화 없이 살다 보면 여행이라도 떠나고 싶고 뭔가 새로운 일을 하고 싶어진다. 그래서 공기 좋고 환경 좋은 절에 살면서도 밖에 바람 쐬러 다니고 싶다. 남들은 부러 시간 내고 돈 들여 찾아오는데도 그 속에 사는 이에겐 그저 갇힌 공간으로 여겨질 때도 있다.

그래서 가끔 홀로 동해를 보러 간다. 포말을 일으키며 갯바위에 부서지는 파도와 일출에 뜨겁게 이글거리는 변화무상한 바다를 보고 나면 마음도 탁 트이고 볼을 가르는 찬 바람마저 삶의 활력소가 된다. 그러고 보면 사람들은 하늘나라를 꿈꾸는데 하늘나라에 사는 선녀는 하늘나라가 답답해 인간세계로 내려와 계곡에서 목욕을 하고 간다. 그 목욕탕이 심심계곡마다 있었으니 이른바 '선녀탕'이었다. 이 선녀는 나무꾼을 만나 애 둘을 낳기까지 살기도 하였다니 어디 살든 새로운 세계를 꿈꾸는 건 사람의 본성인가보다. 다만, 이런 여행이 항상 지혜의 밝음을 배울 기회이기를 바랄 뿐이다.

극락에
사는 사람

보살은 일체중생과 더불어 즐거워하고,
일체중생의 괴로움을 없애려 몸을 희사하여 구제합니다.
보살은 과보를 바라지 않으며 초개처럼 봅니다.

─《대장부론》

흐뭇하고 흡족한 마음이나 느낌, 기쁨

열반이라는 말과 극락이라는 말은 모든 번뇌를 여읜 상태다. 이런 의미에서 열반과 극락은 완전한 깨달음인 무상정등정각無上正等正覺과도 상통한다. 그러니 열반이 극락이요, 극락은 곧 깨달음의 세계다. 그런데 제바보살은 《대장부론》을 통해 열반의 즐거움과 보시의 즐거움이 같다고 말한다. 보시의 맛이 열반락이라고 하였다. 그렇다면 보시의 즐거움을 아는 것이 곧 깨달음이라는 말이기도 하다.

도반이 비닐하우스에 사는 내게 다니러 와서 생활비에 보태 쓰라고 두툼한 봉투를 놔두고 갔다. 평소에도 어려운 이에게 잘 베푸는 도반이었다. 웬 돈을 이렇게 많이 주고 갔느냐고 했더니, 오히려 줄 수 있어서 고맙다고 하였다. 내가 즐거울 때 함께 즐거워하고 내가 어려울 때 기꺼이 자신의 것을 대가 없이 주며 기뻐하는 도반을 보면, 보살심이 깨달음의 실천이요, 곧 열반락이라는 이치를 믿지 않을 도리가 없었다.

복
을

빌
어
주
는

아
이

무릇 선법을 행함에는 반드시 선한 과보가 있나니
맑고 깨끗한 행을 하면 반드시 깨끗한 과보가 있으리라.

夫行善法必有善報 行淸白行必有白報

—《불설장아함경》

흐뭇하고 흡족한 마음이나 느낌, 기쁨

부처님께 복을 빌지언정 부처님께 복을 빌어주는 이는 얼마나 될까. 한 할머니가 초등학교에 입학할 어린 손녀를 데리고 새해에 가까운 절을 찾아 부처님을 참배하였다. 할머니는 가족들이 올 한 해 모두 건강하기를 발원하고 자식이 하고자 하는 일이 모두 원만하게 이뤄지기를 기도하였다. 그런데 어린 손녀는 할머니를 따라 "부처님! 새해 복 많이 받으세요. 부처님! 새해 복 많이 받으세요" 하면서 각 단에 돌아가며 절을 하였다고 한다.

할머니는 부처님께 절을 하면서 늘 복을 달라고만 빌었지 복을 받으라고 빈 적이 없었는데, 어린 손녀가 부처님이 복 많이 받기를 축원하니 그만 놀라고 말았다. 이미 복덕을 구족하신 부처님께 다시 복을 빌어주다니.

일체의 선법과 깨끗한 행이란 과연 무엇에 기초한 것일까. 어쩌면 복을 비는 마음과 복을 빌어주는 마음의 갈림에서 과보의 갈림도 생기는 것 아니었을까?

보살은
천성이다

보살은 타인과 더불어 크게 기뻐하지만
반드시 기뻐하는 건 아닙니다.
타인이 남에게 적은 즐거움이라도 주는 것을 볼 때
마음이 크게 기쁩니다.

菩薩與他大樂不必歡喜　見他與人少樂心大歡喜

─《대장부론》 승시타고품

흐뭇하고 흡족한 마음이나 느낌, 기쁨

천성이 착한 사람은 남이 욕하고 괴롭혀도 맞장구치며 함께 성내거나 미워하거나 싸우지 못한다. 차라리 그 자리를 피할지언정 험담도 차마 하지 못한다.

절에 와서도 늘 남의 칭찬만 하는 보살님이 계신다. 누구는 일주일에 두 번씩 무료급식소에 나가 밥과 반찬을 하며 늘 웃는 얼굴로 봉사를 한다는 것이다. 또 누구는 절에 올 때마다 시킨 것도 아닌데 수건을 빨아 법당을 닦는다는 것이다. 또 누구는 유머가 있어서 사람만 모이면 즐겁게 만들어 준다는 것이었다. 그러고 보면 보살은 십바라밀을 실천하는 완벽한 존재는 아니다. 아이가 학교에서 돌아와 "배고파" 하면, "그래. 곧 먹자" 하며 대답하는 그런 분이다. 배고픈 이에게 밥을 주고, 목마른 이에게 물을 주는 이다. 의지처가 되고, 부르면 언제나 곁에 있어 주는 이다. 남이 착한 일 하면 칭찬을 아끼지 않는 이다. 이런 분들은 천성天性이다.

여래께서는 세간에 나서 세간에서 장성하셨으나
세간을 벗어난 행을 하시고 세간법에 저촉되지 아니하셨느니라.

如來世間生 世間長 出世間行 不著世間法

−《중아함경》

흐뭇하고 흡족한 마음이나 느낌, 기쁨

전국에 '금촌' 또는 '금리'라는 지명이 흔한 건 인심 좋고, 물 좋고, 땅이 좋아서 금金이라는 낱말을 빌려 온 까닭일 테다.

도반의 토굴에서 가까운 금리마을 이장님 이야기다. 젊어 삼십여 년간 공사 현장만 따라다녔던 이장님은 환갑이 지나자 아내와 못 했던 사랑을 나누기로 하셨단다. 장성한 자식들이 응원을 보내면서 농사일 틈틈이 아내를 트럭에 태우고 전국의 맛집과 유명 축제를 찾아다닌다. 그래서 노부부의 늘그막 애정 행각이 금리마을 사람들의 부러움을 사더니, 부부의 행실까지 예뻐서 이웃 마을의 부러움마저 샀다. 주머니를 털어 노인 회관에 모인 어르신들에게 자장면과 통닭을 시켜준다든지, 아니면 아예 식당으로 모시고 가서 작은 잔치를 벌이기도 했다. 그 영향 덕분인지 금리마을 사람들은 서로서로 나눠 가지는 일이 자연스러워졌다. 이장님 덕분에 말 그대로 인심人心이 금심金心인 마을이 된 것이다.

소중한 순간
반아들이기

"어떤 사람이 갈잎 피리를 불 때 숨을 내보내면 다시 들어오지 못합니다. 사람이 쇠로 단련한 큰 서까래를 갖고 크게 숨을 불어내면 한 번 분 숨은 다시 돌아옵니까?"

−《나선비구경》

흐뭇하고 흡족한 마음이나 느낌, 기쁨

점심 공양을 마치고 사무실 직원과 함께 해인사 산내 암자 길을 나란히 포행한 날이었다. 아침저녁과 달리 제법 햇볕이 따사로웠다. 곧 겨울 누비 두루마기를 옷장에 챙겨 넣어야 할 것만 같았다. 물푸레 나뭇가지 끝이 붉어지는 것이 봄이 멀지 않았음을 암시하고 있었다. 하기야 매화 소식이 남녘에서 드물지 않게 올라오고 있었다. 가야산 응달 계곡의 얼음이야 아직 물러날 기미가 없었지만, 청솔모는 겨우내 참았던 기지개를 켜듯 나무와 나무 사이를 아무렇지도 않게 날아다녔다.

모처럼 순간순간의 시간이 다 아름답게 느껴지는 날이었다. 남들은 벼르고 별러서야 이곳에 와서 자연의 아름다움을 느끼지만, 우리는 이 아름다운 산사의 자연 속에 살면서 잘 몰랐구나 싶었다. 사람도 곁에 있을 땐 소중한 줄 모른다는 직원의 말이 더 가슴에 와 닿았다.

그대에게
스며드는 마음

사람이 한번 세상에 나면 입안에 모두 큰 도끼가 있다.
그것으로 자기와 남을 찍을 때 그 입안에서 나쁜 말이 나온다.

―《정법념처경》 십선업도품

흐뭇하고 흡족한 마음이나 느낌, 기쁨

소리도 없이 봄비가 내렸다. 온다는 말은 이유도 없이 나는 그저 좋다. 창에 흐르는 빗물, 물안개 속에 잠기는 산등선, 법당 두드리는 빗방울…. 그래 좀 와도 좋다. 너무 가물었다. 먼지가 가시고, 목마름이 가시고.

그러고 보면 오는 것과 가는 것이 동시同時라는 게 얼마나 좋은가. 봄비 따라 몰려오는 흙냄새가 좋고, 봄비 덕분에 마음도 해야 할 일의 억압에서 투두둑 풀려났으니 좋다.

봄비 가신 뒤 땅심도 노글거리며 풀어졌다. 호미를 들고 밭에 나갔지만, 풀이야 손으로 뽑아도 잘 올라온다. 파종하고 입을 삐죽 내밀어 산비둘기를 놀리고. 녀석은 콩 싹을 노린 게다. 감자 잎은 파릇파릇하니 됐고, 군데군데 난 달래를 뭉텅이로 캐다 옮겨 심으며 씨를 바랐다.

나이 탓인지 지나친 것들이 왜 귀해 보이는지. 모두 봄비에 녹아내린 땅심의 영향이거니와 젖는다는 것은 굳은 것이 풀리고 맺힌 것이 부질없어지는 일. 그대의 고운 말에 스며드는 일도 부디 그러하기를 바라는 건 보살의 마음이다.

상처에
상처가
더하다

비유컨대, 여름날 더위라도 나무 그늘 아래서 쉬면 시원한 것 같

아도 금세 다시 사라져버리듯이 세간에 변함없는 건 없느니라.

譬如夏月暑 息止樹下涼 須臾當復去 世間無有常

−《불설월난경》

흐뭇하고 흡족한 마음이나 느낌, 기쁨

삼월의 막바지에 이르렀을 때 꽃샘추위를 따라서 함박눈이 내렸었다. 그 습설 쌓인 눈길 위로 종종걸음을 치다 얼핏설핏 미끄러지면서 가운뎃손가락을 삐었다. 시간이 제법 지났건만 아직 부기가 가시질 않은 건 이미 한 번 다쳤던 적이 있어서다. 용케도 다친 곳만 자꾸 다치는 일이 반복되고 있었다. 아니면, 다쳤던 곳이라서 더 크게 표시가 나는 것이기도 할 테다.

피해도 쉽게 피해지지 않는 성향의 사람 같다. 이 사람 피하고 나면 이 사람과 비슷한 저 사람을 만난다. 마음의 상처도 그러하였다. "어찌하면 반복해서 상처를 받지 않을 수 있습니까?"하고 누군가 물어왔지만, 뾰족한 답을 해 주진 못했다. 그러나 상처 많은 세월을 보낸 만큼 어떡하면 그 상처를 잘 보듬고 살아갈지에 대한 지혜는 느는 것 같다. 상처투성이 몸도, 상처투성이 마음도 아물 때가 있는 법이고 보면, 지혜란 세상을 살았다는 고마운 표시다.

생각꽃을 따다

선남자여, 아숙가수, 파타라수, 가니가수 나무에 봄꽃이 활짝 피면
벌이 빨아먹되 색과 향을 음미하며 싫증낼 줄 모르느니라.

復次善男子 如阿叔迦樹 波羅樹 迦尼迦樹 春花開敷 有蜂取色 香細味 不知厭足

—《대반열반경》 제9권

흐뭇하고 흡족한 마음이나 느낌, 기쁨

남도의 진달래꽃 소식이 당도하기 전이었다. 가야산에서 노오란 생강꽃을 땄다. 뜨거운 냄비에 요리조리 굴려 말린 후 생강꽃차를 만들 요량이었다. 어떤 생강나무 가지에는 생강꽃이 언덕을 오르다 삐질거린 땀처럼 듬성듬성 피었다. 어떤 생강나무 가지의 생강꽃은 예쁜 생각처럼 몽글몽글 탐스럽기 그지없다. 가늘디가는 가지에 핀 꽃이라도 그지없이 탐스러울 수 있고, 키가 두 길 네 길 뻗은 가지에 핀 꽃이라도 빈약하기 그지없는 것도 있다. 꽃을 딸 때 한 가지의 꽃을 모조리 다 따선 안 된다. 꽃을 딸 때 한 나무의 꽃을 남김없이 따서도 안 된다.

꽃을 딸 때는 추억 속에서 누군가 어여쁜 사람을 불러내도 좋다. 그래서 생강꽃을 생각꽃이라고 불러도 좋다. 생각꽃을 따면서 봄노래를 흥얼거려도 좋다.

봄이 오면 산에 들에 진달래 피네
진달래 피는 곳에 내 마음도 피어
건너 마을 젊은 처자 꽃 따러 오거든
꽃만 말고 내 마음도 함께 따가주.

구원으로
가는 길

세간에서 어린아이가 물이나 불 속에서 큰 소리로 울면 부모가
듣고 급히 달려가 구원하나니, 이처럼 사람이 임종 시에 고성으
로 염불하면 부처님이 신통력으로 반드시 와서 그를 영접하리라.

―《선가귀감》

흐뭇하고 흡족한 마음이나 느낌, 기쁨

버찌가 까맣게 익고 있었다. 손을 뻗어 낮게 달린 열매를 따서 입에 넣어 보았다. 구원의 맛이 이런 거였구나 하고 혼자 미소를 지었다.

지난봄이었다. 할매 보살님 한 분이 차도로 뛰쳐나와 손을 흔들었다. "구원이라예. 구원!" 차마 지나칠 수 없어 차를 세우고 보살님을 태웠다. "구원이라고요?" 보살님은 내 물음을 들었는지 못 들었는지 막무가내로 차에 타면서도 연신 큰 소리로 "구원!"이라고 외쳤다. 귀가 쩡쩡하게 울렸다. 구원으로 가는 내내 할머니는 내 질문에는 대답도 없이 본인 하고 싶은 말만 했다. 그제야 눈치를 챘다. 귀가 어두운 게로구나.

"저 밑에 터서리 가는 길 있고요. 그 밑에 구원이라예."
구원마을의 유래가 자못 궁금하였다. 절에서 스님의 차를 얻어 타고 구원에 다다른 할머니는 차 문도 힘껏 닫으며 소리쳤다.
"시님. 데려다줘서 고맙심다. 살펴 가시요."
구원마을 입구에 늘어선 벚꽃이 순간, 화들짝 밝았더랬다.

함
없는
사
랑

만일 본 뒤에 간다면
가는 것은 헛일일 것이요
만일 보지 않고 가는 것이라면
보려는 생각 없어야 되리라.

—《대승광백론석론》 제7권

흐뭇하고 흡족한 마음이나 느낌, 기쁨

친한 스님 사제가 두 달 전부터 삼보일배를 시작했다. 경남 사천에서 출발하여 강원도 고성까지 하루 삼천 배로 길을 껴안으며 간다. 무슨 발원이 있어서도 아니고 뭔가 세상을 변화시킨다거나 종단의 자정을 바라며 하는 삼보일배도 아니다. 그냥 오체투지로 삼보일배를 해 보고 싶어서 길에서 자고 길을 껴안으며 가는 중이었다. 그 소리를 듣고 참 존경스럽다고 했다. 수행이란 그런 것이리라. 바라는 것 없이 그냥 하는 것.

아침 포행도 그렇다. 살을 뺀다든가 어디까지 몇 시간 만에 도착한다든지 하는 목적 없이 걷다 보면 새소리도 들리고 멧돼지나 다람쥐도 만나고 풀잎에 인 이슬도 보고 햇살도 만끽하는 법이다. 목적을 놓아야 세상이 비로소 내 안에 들어온다. 세상을 진정 껴안게 된다. 함 없는 사랑이라고 할 것이다.

가치를
따지다

칭찬해야 하는데 비방하고 비방해야 하는데 칭찬하네.
악한 말 입에 내면서도 나온 바를 스스로 깨닫지 못하네.

－《금색동자인연경》제12권

흐뭇하고 흡족한 마음이나 느낌, 기쁨

싼 것은 무엇이고 비싼 것은 무엇이던가. 속가 때 친구로부터 전화가 왔다. 퇴직하고 아내와 함께 길가에서 옥수수 장사를 시작했다는 소식이다. 얼마에 파느냐니까 옥수수 하나에 천 원 받는다고 했다. 첫날은 큰절 대중공양에 백오십 개를 사고 다음날 어린이 수련회에 소개해서 백오십 개를 팔아주었다. 옥수수 사러 가는 데 차로 두 시간, 오는 데 두 시간. 여덟 시간을 달려 옥수수 삼백 개를 산 셈인데, 옥수수값에 기름값과 고속도로비를 포함하면 비싸다고 누가 말을 한다. 그렇다면 옥수수 하나 얻기 위해 흘린 농군의 땀값은 얼마라는 얘기며, 옥수수 껍질을 벗기고 이 뜨거운 여름날 불을 떼서 옥수수를 삶아내는 공력은 얼마라는 얘기인지 아리송하다.

경제적 가치란 비교가치인데 사람들은 비교할 수 없는 가치는 예외로 두거나 아예 무시하는 경우가 있다. 친구가 다시 전화해서는 고맙다고 했다. 그렇다면 친구의 고맙다는 인사는 얼마의 가치일까. 나는 생각이 미치지 못할 가치를 받아들고 인사를 했다.

"이 사람아, 잊지 않고 전화해 줘서 내가 더 고맙지. 또 찾아감세. 더운데 건강 잘 챙기시게나."

어둠은
빛의
모태다

보살은 바르게 뜻하여 생각하고
꾸준히 나아가고 방편에 힘쓰며
깨끗한 지혜의 광명이 있고
일체를 사랑하고 동정하나니.

─《불소행찬》

흐뭇하고 흡족한 마음이나 느낌, 기쁨

전국의 템플스테이 사찰에서는 해맞이 프로그램을 만들어 새벽예불을 한 뒤 산에 오르거나 바닷가에 나가 해맞이를 한다. 가족 단위로 사찰에 오는 경우도 있고 혼자만의 여행지로 사찰을 찾는 경우도 많다. 매일 다를 것 없던 해도 새로운 한 해의 시작을 알린다는 사람들의 생각 속에서는 더 크고 더 밝고 더 뜨겁게 떠오르는 것처럼 보일 것이다. 그래서 새해 소망을 가슴에 품고 환호성을 지르거나 비록 작심삼일作心三日일지라도 초발심을 다짐한다.

그러나 어둠을 뚫고 떠오르는 해의 밝음은 어둠의 반대말이던가? 일체의 현상이 빛과 어둠의 조화가 아니던가. 어둠은 어리석음을, 빛은 지혜를 상징하여 '빛을 비추는 이'라는 뜻의 비로자나불이 계셔 우리는 무명無明을 여의고자 발원한다. 하지만 우리 스스로를 어리석다고 여길 필요는 없다. 촛불이 어둠 속에서 빛을 발하듯 지혜도 어리석음 속에서 지혜일 수 있으리라. 어리석음을 짓밟고 밝아짐이 아니라 어리석음을 바탕으로 지혜가 모습을 드러낸다. 그러고 보면 어둠은 빛의 모태다. 그래서 중생이 바로 부처의 어머니다.

쑥을
준비하다

모든 번뇌와 원한이 없어지고 마음에는 질투와 미움이 없으며
고요하고 잠잠하고 유순한 경지에서 스스로 즐거움을 느낀다.
슬퍼하고 기뻐하고 버리는 마음도 또한 이와 같다.
이것을 비구의 재보가 풍요롭다고 하는 것이다.

—《불설장아함경》제6권

흐뭇하고 흡족한 마음이나 느낌, 기쁨

쑥은 단오에 베어 말리면 약성이 가장 좋다. 그래서 쑥을 좀 베어다가 굴비 엮듯이 엮어 바람 통하는 그늘 처마에 잊은 사람의 팔부치마처럼 걸어뒀다. 큰 병에 삼 년 묵은 쑥이 약이라던데, 여태 삼 년 준비도 못 하며 산 인생이었음을 살피며 비 그친 뒤 낫 들고 들녘에 나가 한 자쯤 자란 쑥을 숭덩숭덩 베어왔다. 쑥 뿌리는 또 얼마나 깊고 넓고 질긴지 땅심을 움켜쥐고선 놓지를 않으니 그 애정과 집착의 밭은 김매기도 힘들다.

약이란 그렇게 질긴 종자여야 하는 법이었나 보다. 어디 쓸데도 없는 무용의 종자처럼 육신을 끌고 다니는 죄 많은 사람인지라 쓸모 있는 종자의 잎과 줄기에 의탁할 준비 하나쯤은 안 쓰더라도 쑥쑥하고 멋쩍게 있어야 했다. 물론, 쑥이란 것도 사바세계에 국한된 약일 뿐이다. 열반의 언덕에 이르는 약은 말 안 해도 다들 알고 있을 테니까.

인연이란
알 수 없어요

해와 달이 미치지 못하던 곳도
큰 밝음 두루 입지 않은 데 없었고
태 안은 깨끗해 더러움 없었나니
모든 부처님의 법은 다 이런 것이니라.

日月所不及
莫不蒙大明
處胎淨無穢
諸佛法皆然

－《불설장아함경》

흐뭇하고 흡족한 마음이나 느낌, 기쁨

"인연이란 알 수 없어요. 제가 절에서 살고 스님을 알게 될 줄 은 꿈에도 생각지 못했었거든요, 이것도 전생에 인연이 있었던 걸까요?"

삼 개월 전에 우연히 큰절에 살러 온 보살님의 고백이다. 너와 내가 존재한다는 건 부모님이 계셨다는 것이고, 만약 그 숱한 조상들의 계보 가운데 한 분이라도 일찍 요절하여 짝을 만나 자 식을 보지 못했다면 내 조모와 부모가 있었겠으며, '나我'란 존 재가 태어났겠는가 싶다.

나란 존재는 그 숱한 위태롭고 실낱같은 인연들이 끊어지지 않고 이어져 만든 한 송이 꽃이 아니던가. 아마 절살이의 그 전 생 인연이란 것도 그의 전생이 아니라 숱한 조상의 전생담일 수 도 있겠다. 내게는 숱한 조상의 삶의 기억과 삶의 방식이 혈관 을 타고 돌아다니고 있을지도 모를 일이다. 그래서 이곳까지 나 를 이끈 것 게다. 한 명의 보살과 한 분의 부처님 역시 그 혈 관 속에 많은 조상의 공덕이 혈류로 흘러 다녀 완성한 희대의 꽃은 아닐까?

복
많은
이유

다른 사람을 이롭게 하고 자기 자신에게 이익이 될 수 있어야만
공덕은 두서없는 베풂이 안 될 것이다.

―《장로자각색선사자경문》

흐뭇하고 흡족한 마음이나 느낌, 기쁨

작은 배려에도 감동하고 작은 베풂에도 크게 고마워하는 사람은 세상의 어떤 보석과도 비할 바 없이 아름답다. 이런 사람을 만나면 하나를 주고 나서 둘을 더 주고 싶어지는 법이니 복이란 특별한 게 아니구나, 사람의 심성을 일컫는 것이로구나 하고 알게 된다. 어떤 사람은 하나를 주면 둘을 바라며 불평을 하고, 자신이 받은 친절을 당연시하기도 하였다. 이럴 땐 사람이 복 없는 이유도 따로 있는 게 아니라 그 마음 씀 하나에 달렸음을 알게 된다.

그러고 보면 내 도반 둘은 참 복 많은 사람임이 틀림없다. 누군가 한 명이 어려운 일을 당하면 내 일처럼 달려가 도와주거나 금전적으로도 대가 없이 베푼다. 차를 내준 일도 있고, 토굴 지붕이 무너진 집을 수리하러 먼 길을 달려오는가 하면, 몇 날 며칠씩 쪽잠을 자며 거친 일을 도와주기도 하였다. 베풂을 받아서 복이 있다는 말이 아니라 베풂을 실천하는 도반들이라서 복이 있다는 말을 하고 싶어서 꺼낸 이야기다.

그 쌓은 복들이 어딜 가겠는가. 반드시 되돌아올 테니 정말 복 많은 것 아니겠는가. 베풀 수 있어서 고마워하니 이보다 큰 복이 어디에 또 있겠는가.

부처님께서
부탁하신 일

부처님께서 말씀하시되, 착하고 착하다 수보리여.
네게 말한 바와 같이 여래는 모든 보살들을
잘 보살피고 모든 보살들을 잘 부탁하느니라.

―《금강경》

흐뭇하고 흡족한 마음이나 느낌, 기쁨

미국 샌프란시스코에서 한 부부가 찾아왔다. 여덟 살 난 사내아이도 함께 왔다. 한국 여성이 미국에 가서 미국 남성을 만나 결혼을 하고, 아이를 낳았다. 이삼 년에 한번 친정에 다니러 오는데 이번에는 남편과 함께 왔다. 훤칠하게 키가 큰 사내의 눈은 바닷빛이다. 그 아들도 아버지를 닮아 바닷빛 눈을 가졌다.

친정어머니가 직접 만든 도토리묵 두 모와 친정 지역 특산물인 김을 여러 톳 가지고 왔다. 절을 하는 모습이 단아한 아이 엄마와 달리 아이와 처사는 엉거주춤이다. 그래도 아름답기 그지없는 모습임에는 아내 따라 불교에 귀의한 서양인의 그 마음 때문이리라.

샌프란시스코 집에서 한국 절에 가려면 차로 한 시간 반을 달려가야 하는데, 남편이 매번 차를 몰아 바래다준단다. 절에 가는 날은 싫은 내색도 없이 함께 법당에 들어 절을 하기도 한다니 고맙기 그지없다. 이역 멀리 떠나 살던 불자 한 명이 이제는 셋으로 늘었는데, 그녀에게서 죽음을 무릅쓰고 타클라마칸 사막을 건너던 이국의 눈 푸른 승려가 보이고, 인도에서 험한 바닷길을 건너 중국으로 건너온 선각자의 모습도 언뜻 비쳤다.

항상
즐거운 삶

베푸는 이는 뭇사람 사랑받고
좋은 이름 널리 두루 퍼지며
어질고 착한 이를 즐거이 벗하나니
그 목숨을 마쳐도 마음 항상 즐거우리.

―《불소행찬》

흐뭇하고 흡족한 마음이나 느낌, 기쁨

어려운 형편에도 늘 봉사하고 보시하는 불자님이 계시다. 그 분이 사 년을 설득한 끝에 한 분을 절에 데리고 갔는데, 주지 스님이 재물 보시를 해야 부자가 된다고 하는 바람에 마음이 상했더랬다. 미소도 보시요, 고운 말도 보시요, 몸으로 봉사하는 것도 보시니 과보 따위는 신경 쓰지 말라고 위로했다. 씨앗 같은 경우 어느 밭에 뿌리느냐에 따라 결실이 다를 수 있지만 보시는 어떤 형태든 다 공덕이라고 했다.

형편이 어려워 재물 보시는 많이 못 해도 좋은 일이 반드시 있을 거라고 용기를 주었는데, 몇 날이 못 되어 좋은 소식을 알려왔다. 절에 데리고 온 분이 정부 지원을 적잖이 받게 되었단다. 용기를 북돋우고 부처님을 향한 신심을 잡아줘서 고맙다는 문자를 보내왔다. 그 문자를 받는 순간 나도 덩달아 참 행복해졌다.

바른 마음, 위로하는 마음이 행복을 준다. 그러니 우리는 보시가 어떤 인연의 과보와 결과를 불러올지 신경 쓰지 않아도 된다. 비가 내리고 햇빛이 비치면 저절로 꽃이 피고 벌 나비가 모이고 열매를 맺는다. 오로지 할 뿐인 것.

견강堅强함을 감당하고 항상 확고하게 수행을 하며 편안히 위로하고 나아가길 권유하는데 항상 시절인연에 따를 뿐 희망의 상념으로 복을 구하는 일은 일찍이 마련한 적이 없습니다.

—《정법화경》

흐뭇하고 흡족한 마음이나 느낌, 기쁨

큰절 소임을 마쳤다. 짐 정리가 한세상 정리 같았다. 다 버려
도 될 것들을 옆에 끼거나 방에 쌓아놓고 살았다. 굽이굽이 감
아 도는 산길처럼 헐떡이는 계절들을 보냈다. 소임을 마친 몸
가볍게 갔으면 좋으련만 업장처럼 짐을 싸고 과보처럼 차에 실
어야 했다. 큰절에 언제 다시 와서 살게 될지는 시절인연만이 알
뿐, 남은 일이나 마저 잘 끝내는 게 내가 있었던 도리였다.

다행히 내게도 갈 곳이 생겼다. 지금까지 비닐하우스에 작은
방을 넣어 살았었는데, 어느 처사님이 작은 암자를 지어 나보고
살면 어떻겠느냐 제안을 한 것이다. 몇 번을 망설이다 흔쾌히
받아들이기로 했다.

요즘 세상에 암자를 지어 보시하는 분이 있다는 사실이 감격
스럽기도 하고 보시의 간절한 정성을 외면하기 어려운 탓이기도
했지만, 암자 오르는 길가에 즐비한 으름 넝쿨에 가을이 깊어지
면 달콤한 으름을 따먹을 수 있겠구나 하는 기대가 내 결심을
붙잡은 탓이었다. 뉘가 살림살이를 걱정하면 "조심스레 잘 살
아야죠"라는 동문서답도 준비되어 있었다.

풋고추를 따다

모든 종류의 온갖 집착을 보면
몸은 마치 독사가 담긴 광주리와 같으니,
우리들은 반드시 멸도滅度하여
등불이 꺼지듯 마음을 청정하게 하려네.

―《가섭결경》

흐뭇하고 흡족한 마음이나 느낌, 기쁨

한가하니 누워 보는 하늘은 잔뜩 흐려도 평안하다. 혼자 듣는 새소리는 조용한 가운데 경쾌하다. 다시 비가 와도 좋겠고, 다시 해가 바짝 떠도 좋겠다. 봄 가뭄에 심은 고추 모종이 말라 죽을까 걱정스럽다가 다행스럽게 샛별 같은 꽃이 피었더랬다. 비 온 뒤 애호박도 몇 개 열려서 자박자박 끓인 된장국 한 종지면 저녁이 만족스러웠다.

진땅에 풀은 쉬이 뽑혀 좋은 날, 풋고추도 몇 개 땄으니 혀끝이 알싸한 혼자만의 연애다. 싱거운 맛도 더러 있겠으나 풋고추란 말 한 마디에 벌써 오금이 맵게 저렸으니 늦은 나이도 새로운 청춘이 아닐 쏜가. 다만 이 모든 것이 온갖 집착의 불길이 아니었으면 좋겠다. 어스름이 이젠 땀에 퇴색된 좌복처럼 정겨워져서 점점 나이가 든다. 새소리가 말벗처럼 정겨워져서 세상을 걸어 여기만큼 온 줄도 안다.

착한 말과
착한 행위가
행복의 길

"정진精進이란 어떤 것입니까?"

"착한 것을 돕는 것, 이것이 정진입니다."

─《나선비구경》

흐뭇하고 흡족한 마음이나 느낌, 기쁨

누가 물어왔다.

"어떤 사람과 결혼하면 행복할까요?"

"사람을 어떻게 알 수 있나요?"

그래서 대답하였다.

"착한 사람과 착하게 사는 게 행복이오. 먼저 그 사람의 말과 글을 보면 그 사람이 어떤 사람인지 알 수 있소. 부드러운 말 겸손한 말씨면 착하고 배려심 많은 부드러운 사람일 가능성이 아주 많소. 말투가 늘상 가르치고 훈계하는 사람이면 마음에 거만함이 있는 사람일 경우가 많소."

"말은 부드럽고 유창하나 냉정히 따져서 이치에 맞지 않는 경우가 많으면 자주 거짓말을 하며 자신의 이익을 위해 남을 짓밟는 사람인 경우가 많소. 말이 거칠고 욕설 섞인 말과 남 험담하기를 좋아하는 사람은 어리석고 거만하며 폭력적인 성향의 사람인 경우가 많소. 말과 글이 공정하고 객관적이지 못한 사람은 이기적이며 고루한 생각과 틀에 박힌 생각에 창조성이 떨어지는 사람일 수 있소."

"그렇다고 말과 글로 그 사람을 다 알 수 있는 건 아니오. 행동을 보면 알 수도 있는데, 행위는 오랜 습관이니 그릇된 오랜 습관이 그릇된 생각과 그릇된 인성을 만드는 법이라오."

흐뭇하고 흡족한 마음이나 느낌, 기쁨

괴로움을 덜고 달래다,

위로

인생을
안다는
건

어리석음의 어둠에 깊이 덮이어 생사의 험한 길에 떨어지고,
큰 사견邪見의 그물에 들어 세상의 우리 속에 갇히네.

—《십주경》

인생을 안다는 건 세상을 향해 겸허한 자세를 가진다는 것이리라. 세상이 눈부시게 아름다워 서럽게 다가온다는 것이리라. 잘난 맛에 사는 것도 젊은 한때의 치기요, 세상모르는 철부지 시절의 행태다. 세상의 온갖 풍파와 다양한 문화 경험을 거친 황혼에 이른 나이가 되면, 특별히 잘난 사람도 없고 특별히 못난 사람도 없다는 걸 실감하게 된다. 가진 게 있든 없든 인생을 얼마나 보람되고 의미 있게 살았느냐가 한세상 후회 없이 산 척도가 아닐까 생각하였다.

넓은 합천호에 바람 쐬러 나갔다가 낙조를 바라보며 느낀 소회다. 낮때의 산은 짙푸르고 물은 쪽빛이었는데, 저녁에 이르자 사금파리를 뿌려놓은 듯한 황금빛 물결이 일렁였다. 석양에 물든 산천 앞에 서 본 사람은 알리라. 우리네 인생이 얼마나 부질 없고, 나란 존재는 얼마나 비루하기 짝이 없는지.

이 눈부시게 아름다운 세상에서 왜 아웅다웅 상처 주며 사는지 삶이 서럽다. 그러나 다시 서러움에 대해 생각해 본다. 세상이 너무나 아름다워서 미처 아름다운 줄도 모르고 지나치는 사람에 대한 연민으로.

보면
간절해지는
사람

여래는 일체중생의 큰 시주라.

너희들은 응당 여래의 법을 따라 배우되 인색하지 말지니라.

如來是一切眾生之大施主 汝等亦應隨學如來之法 勿生慳悋

—《묘법연화경》촉루품

괴로움을 덜고 달래다, 위로

도반과 이십 년의 인연을 이어 온 보살님이 계시다. 하루 시간을 내어 도반의 절에 다니러 왔는데, 손에 붕대를 감고 있었다. 일하다 인대가 늘어졌다고 하였다. 기왕 쉬는 거 스님이 몹시 보고 싶어 왔노라고 하였다.

지하방에 세 들어 살면서 보살님의 딸은 등록금이 없어 대학 진학을 포기하고 직장에 다녔다. 나와도 인연이 있어 조금이나마 학비를 보태 줄 요량으로 그 딸에게 방송통신대학교라도 다니면 어떻겠느냐고 물었지만, 따로 꿈이 있어 자신의 길로 가겠다고 하였다.

도반 스님은 더덕이며, 울금 가루며, 배추며, 무를 이들 모녀에게 보내 주었다. 그때마다 보살님은 어려운 형편임에도 불구하고 그냥 있질 못하였다. 겨울이면 스님이 추울까 봐 내복이며, 티셔츠, 양말 등을 사 보내고, 때때로 밑반찬을 손수 만들어 보내 주었다. 어려운 형편에 제발 그러지 말라고 해도 보살님은 들은 체도 안 하고 힘껏 보시를 하였다.

착한 마음의
기준

선남자여! 욕망을 불선이라 부르며
욕망에서 해탈한 이를 선하다고 부르나니
성냄과 어리석음도 역시 그러하니라.

善男子 欲名不善 解脫欲者 名之爲善 瞋愚癡亦復如是

－《대반열반경》교진여품

보살님이 포교당에 어린 두 딸을 데리고 왔었다. 신중전에 올렸던 과자를 내려 하나씩 나눠줬는데, 동생이 울음을 터트렸다. 언니 것이 더 좋아 보였나 보다. 옆에서 동생에게 양보하라고 하니, 언니가 쭈뼛거리며 눈치를 보다가 양보를 하였다. 동생은 제 것을 옆구리에 끼고서 언니의 과자를 하나 더 양보받았다. 사람들은 언니에게 "아이고, 착해라"하며 칭찬을 하였지만, 아이는 금세 울상이 되었다. 나는 얼른 신중전에서 과자를 하나 더 내려 언니에게 주고는 등을 토닥거렸다.

불선不善은 착하지 않음이며, 나쁜 짓이다. 독자범지가 부처님께 무엇이 불선不善이냐고 물었다. 그런데 부처님은 남을 속이고 괴롭히거나, 전쟁을 일으키거나 자연을 파괴하는 등을 나쁜 짓이라 말씀하시기보다 오히려 생각지도 못한 근원적인 부분을 건드리신다.

"네 욕망이 나쁜 짓이다"라고 말씀하신다.

"욕망을 떠난 이가 착하다"라고 설명하신다.

뜨거운 위로

응당 끝내 사라져 무상으로 돌아가는 게
이별의 법칙이거니와 흩어지지 않고자 해도
어찌 보존할 수 있으랴.

應當終沒 歸于無常 離別之法 欲使不散 安得可獲乎

−《불설사리불반니원경》

모든 존재의 무상無常함이 이별의 법칙인 건 맞지만, 그 이별이 결코 의미 없는 건 아닐 것이다. 누군가 무상이 불교의 가르침 아니냐고 물었을 때 "어찌 부처가 의미 없는 것이겠는가"라고 대답했었다. 무상하여 존재가 존재다워지는 것이고 이별이 있어서 사랑이 소중한 것이 아니겠는가.

사람이 체온보다 뜨겁게 작별할 때가 있다. 죽어 화장장 불꽃을 건넜을 때다. 절구에 쿵쿵 빻은 뼛가루의 뜨거움이 얼마나 갈까 하다가 화장을 마치고 몇 시간을 지나 산골을 할 때, 마지막 육신 가루를 한 움큼 쥐면 그 뜨거움에 허한 손이 그만 화들짝 놀란다. 불에 달군 쇳가루도 다 식었을 그 시간까지 가시는 이는 남겨지는 이에게 위로의 체온을 그렇게 소란히 남긴다. 홀홀 떠난 뒤 버려질 빈 유골함보다 쓸쓸할 유족의 빈손 귀가를 미리 알았던 작별의 위로다.

마음이
표정에
드러나다

비구는 세존을 의지해 머물며, 혹 스승과 장로에 의지하고
혹 지혜와 범행을 의지하여 머물고
참괴심을 내며 사랑하고 공경할지니
이것을 첫 인연이라 하나니
범행을 얻지 못해도 지혜를 얻고,
범행을 이미 얻었다면 지혜가 증장되리라.

―《불설장아함경》

비구가 머물러야 할 곳 네 가지 말씀을 두 가지로 줄이면 불법승에 의지해 머물며, 참괴심慙愧心을 내며 사랑하고 공경하는 것이다. 첫 번째는 사는 방법론을 이른 말이겠고, 두 번째는 모든 사람을 향한 사랑과 공경의 바탕이 침괴심이라는 말이기도 하다.

해인사 사중 어른 스님과 차담을 하는데 스님께서 흘리는 말로 그러셨다.

"사람에게 덕스러움이 제일 중요한 것 같아요. 이만큼 살아보니 알겠더라고요. 아는 것은 소용없어요. 사람을 이해하고 사랑하는 것도 덕스럽게 표현되는 게 중요하더라고요."

그런데 내가 어른 스님께 정작 감동하였던 건 말이 아니라 이런 말씀을 하시며 부끄러움을 감추지 않았던 그 표정에 있었다. 진정성 있는 말은 늘 자신을 돌아보는 데서 우러나오는 것이었음을 뉘가 쉬이 알 수 있으랴.

사람이
가을이었네

모든 음(존재)은 오는 것이 없고 가는 것도 없으니
오는 것도 없고 가는 것도 없으면 곧 도가 되는 것입니다.

諸陰無來亦無有往 無來 無往則爲道矣

－《불설대정문법경》

괴로움을 덜고 달래다, 위로

오면 오는가 보다 가면 가는가 보다 하는 마음은 마음이랄 것
도 없다. 마음이 없으니 '나'라고 할 것도 없고, 나라고 할 것이
없으니 집착할 것도 없다. 집착할 것이 없으니 번뇌야 말할 것
도 없으리라.

그러나 가을이야 어디 그런가. 산과 계곡, 푸르던 나뭇잎에 단
풍이 들고, 산사로 가는 길은 낙엽에 뒤덮인다. 뉘라서 오는 것
없고 가는 것 없다고 하려나. 오는 것은 오는대로 가는 것은 가
는대로 아름답기 그지없다. 멈추는 것은 멈추는대로 흐르는 것
은 흐르는대로 아름다워서 눈물겨움이다. 삶이 눈물겨워야 뜨
겁게 한평생 살았다고 말하리라. 그렇다면 나는 도道를 얻기에
애당초 글러버린 것인가?

이 가을 해인사 오르는 소리길을 걷다 보면 바람은 온 적 없이
오고 가며, 계곡의 물은 간적 없이 오고 간다. 봄에는 진달래로
붉게 물들어 홍류동이더니, 가을이 되니 단풍이 붉게 물들어 홍
류동이었다. 사람이 한 조각구름이고, 붉게 물든 낙엽이고, 흐
르는 물이고, 시퍼렇게 멍든 하늘이다.

세상의 고통은 한 맛의 마음에 부드러워지고 바뀌어 자비가 생기나니,

자비심 있다는 것은 보리菩提의 열매가 손안에 있다는 것입니다.

世間苦一味心柔軟者易生悲心 有悲心者菩提之果便在掌中

－《대장부론》 애비품

두 도인이 한 산에 살았다. 스승으로부터 돌을 가마솥에 넣고 백 일을 삶아 돌이 무르도록 익으면 도가 통한다는 유언을 들었다. 그러나 아무리 삶아도 가마솥에 돌멩이는 물러질 기미가 없었다. 그래도 스승의 유언인지라 그만두지 못하고 불이 꺼질세라 나무를 해다 불을 땠다.

백 일이 다 되어갈 때 한 도인은 다른 도인이 나무를 하러 간 사이 자신의 나무를 옆 가마솥 불에 넣기로 했다. 나는 도를 이루지 못해도 상대방은 도를 이루기를 바랐던 것이다. 그리고 옆 도인을 위해 다시 나무를 하러 갔다. 땔감을 구하러 갔던 다른 도인도 옆 도인의 가마솥에 불이 꺼져가는 것을 보고 자신의 가마솥에서 불을 한가득 빼다가 넣고 다시 나무를 하러 나갔다. 이렇게 서로의 가마솥 불에 나무를 번갈아 넣기를 밤새 반복하다 보니 날이 밝아오고 있었다. 어떻게 되었을까? 결론은 말하지 않아도 모두 같은 한마음에서 비롯된 득도였다.

왔던 그대로
돌아가다

사라꽃 불꽃처럼 피어나 온갖 광명이 서로 비치는
그 본래 태어나신 곳에서 여래는 멸도를 취하셨다네.

娑羅花熾盛 種種光相照 於其本生處 如來取滅度

－《불설장아함경》 유행경 제2후

괴로움을 덜고 달래다, 위로

제주도 한라산에 눈꽃이 피고, 강원도 산간에 엄동이 닥쳤다는 소식이 당도한 날이었다. 인연이 닿으면 토굴이나 한 채 지으려고 마련한 묵정논 비닐하우스에 풍산개 행복이와 우리의 물그릇이 밤새 꽁꽁 얼었다. 끓는 물을 부어 녹이고서야 개들은 마른 목을 축였다.

첫새벽을 지나며 산바람이 일자 을씨년스럽게 낙엽이 흩날렸다. 추수 마친 게으른 농군마냥 서리 내린 들판 위로 해는 늑장을 부리며 떠올랐다. 뒷산에 꽃 피고 녹음 방창하여 새 울던 시절은 꿈만 같았다. 가을 감국도 말라버린 야트막한 양지 녘, 구절초 한두 송이만 그리움처럼 남았을 뿐이다. 하기사 누구나 그 꿈같던 시절을 지났다. 새잎 나던 자리에서 단풍이 들듯, 본래 태어난 자리에서 낙엽으로 돌아간다. 한 발자국도 나아간 적 없이 그 자리에서 왔던 그대로, 적멸로 돌아간다. 그래도 잊지는 말자. 우리의 생명은 사라꽃 불꽃처럼 찬란하게 서로를 비추던 광명이었음을.

두려움은 어디서 오는가

세존께서 이르시기를 "내가 평안을 얻었노라" 하시니,
가섭이 묻되 "그대의 발우 안에 무엇이 있는가?"
세존께서 이르시기를
"여기에 그대가 두려워하는 독룡이 있는데
내가 발우 속에 이미 조복시켜 두었느니라."

—《근본설일체유부비내야파승사》

괴로움을 덜고 달래다, 위로

며칠, 겨울치고는 기온이 포근하였다. 그뿐이었다. 깊이 다가
왔던 수많은 고민들도 이미 부질없었다. 누군가는 웃었고, 누군
가는 그 옆에서 울었다. 그리고 어떤 이는 구름처럼 흘러가 버
렸다.

다들 그것뿐이었다. 가슴이 찢어지는 일도 그것뿐이었다. 해
가 뜨고 달이 뜨고 바람이 불었다. 내가 누구냐는 질문에 그저
고개만 끄덕여 주었다. 남의 아픔은 안중에 없는 것이냐는 힐
문에는 변명이 필요하다. 두려움이 어디서 왔는지 또렷이 물어
보는 일이다.

삼
매
의

역
설

그때, 선재동자는 즉시 칼산에 올라가서
자신을 불구덩이에 던졌다.
내려가는 중간에 곧 보살의 잘 머무는 삼매를 얻었고,
화염에 닿자 또 보살의 고요하고 즐거운 신통삼매를 얻었다.

－《화엄경》 입법계품

우리는 누구나 불구덩이 속에서 산다. 세상이 화택火宅이니 화택에서 태어나 화택 속에 뛰어다닌다. 욕망과 탐욕의 불구덩이 속에 기꺼이 뛰어들며 산다. 그러면서 전혀 부끄러울 것 없는 얼굴로 남을 짓밟아야 살 수 있는 세상이라고 변명한다. 어쩌면 그렇게 스스로에게 동요도 일으키지 않는지 이들은 선재동자의 삼매를 얻은 듯하다.

한편, 불구덩이에 자신을 기꺼이 던지면서 삼매를 얻지 못하는 이들도 있다. 바로 119 소방관들이다. 불타는 집 안에 갇힌 사람을 구하려고 기꺼이 자신의 몸을 던져도 돌아오는 건 부서진 문짝에 대한 청구서다. 불타는 건물 가까이 가려는 소방차를 막고 주차한 자동차를 행여나 망가뜨리면 수백, 수천만 원의 수리비를 물어줘야 한다. 그래도 쓰린 마음을 붙잡고 다시 불구덩이에 몸을 던져 사람을 구하지만, 원망만 더 받는 경우도 생긴다. 고요한 삼매를 얻기는 애초에 틀려버린 듯하지만 '희생'이라는 그 말이 바로 삼매의 다른 말일 수도 있다.

비유하자면 청정함이란 보름날 밤 극히 둥글고 가득 찬 달이
허공에서 바다와 섬 위를 비추는 것과 같다.

譬如淨虛空十伍日夜極圓滿月照海島上

―《대방등대집경》 제악귀신득경신품

괴로움을 덜고 달래다, 위로

나는 바다를 좋아한다. 사는 건 산이 좋지만, 보는 건 바다를 더욱 좋아한다. 그래서 달빛 밝은 섬을 갖고 싶었다. 크지도 작지도 않은 섬, 넓지도 좁지도 않은 섬, 뭍에서 너무 가깝지도 멀지도 않은 섬, 썰물과 밀물이 하얀 그림자처럼 다녀가는 그런 섬이 갖고 싶었다.

섬에서 살고 싶었다. 섬을 볼 때마다 망연히 서서 내가 얼마나 부자가 되어야 가질 수 있을까 하였다. 그러다 누군가 그랬다. 섬은 가난해야 갖는 거라고. 가난해야 섬주가 되는 거라고.

산사의 새벽 종소리를 들으며 아직 너무 부자여서 섬주가 되지 못한 어리석은 중 하나를 물끄러미 범종 속에 들여앉혔다.

마음을
놓아주다

여래의 혜일慧日이 솟아서
숲을 떠나 공의 법을 연설하신다.
마음은 나를 두렵게 한 지 오래이니
이제 놓아주어 떠나게 하리라.
그 때 그 비구는 스스로 이렇게 가르치고 나서
모든 결박을 여의고 아라한이 되었다.

─《잡아함경》이림경

마음은 억지로 놓는 게 아니라, 홀가분하고 자유롭게 놓아주는 게 일이다. 이 미묘한 차이를 관찰할 수 있으면 뭣 좀 아는 세심한 사람이 된다.

사람과 사람 사이에도 관성이 생기는 시기가 있는 모양이다. 여기서 말하는 관성은 과학적으로 어떤 운동을 지속하려는 힘이 아니라 사람 사이에 습관적이며 새롭게 여기지 않는 인식이다. 그래서 그런지 가까운 사람은 옳은 말을 해도 별로 새롭게 받아들이지 못한다. 부모가 자식에게 귀에 못이 박이게 잔소리를 해도 자식은 맨날 그렇고 그런 이야기로 듣거나 때론 귓등으로도 안 들으려고 한다.

사람이 사람을 대함에 있어 귀하게 다가오도록 세심한 주의를 기울여야 하는 이유다.

희극적
요소들을 찾다

일체 세간 사람의 부귀와 영화도 탐낼 것이 못 되고,
모든 천인의 존귀도 기뻐할 것이 아니다.

―《등지인연경》

인생이 희극이었으면 좋겠다. 허망하고 비극적인 인생도 희극으로 승화되었으면 좋겠다. 세상의 아픔도 슬픔도 모두 한바탕 웃음이었으면 좋겠다.

사람들은 자신의 마음을 전달하는 데 익숙하지 못하고, 남의 마음을 이해하는 데도 익숙하지 못하다. 각자가 나름의 오해와 곡해 속에서 근본적으로 외롭고도 고독한 일상을 감내하며 산다. 위로받지 못하고 위로하지 못하는 사람들이 상처를 싸매고 사는 세상, 그러나 이 모든 인간사 요소들은 비극적이기보다는 얼마나 희극적인가. 아니, 어쩌지 못하는 인생을 끌고 다니는 삶이 진정 우습지 아니한가. 인생이 그렇다면 차라리 기꺼이 받아들여야지. 그래서 희극이 되어야 마땅하지. 한바탕 즐거운 놀이판의 주인공이 되어야지.

영혼도
주무르고
싶다

수행할 때 좋은 벗 얻지 못하고
자기와 같은 사람 함께하지 못하거든
마땅히 마음먹고 혼자 살면서
악한 사람과 서로 어울리지 말라.

學不得善友 不與己等者 當堅意獨住 勿與惡共會

－《중아함경》제17권

시력 장애 판정을 받은 시각 장애인의 이야기를 듣고 수행자의 쓸쓸함이 스스로를 성숙시키는 최상의 스승임을 알게 되고 고마움을 느꼈다.

"한쪽은 가짜 눈이고 다른 한쪽 시력은 0.001입니다. 글이 코앞에 있어야만 볼 수 있죠." 한번은 서점에서 책 제목을 보고 있는데, 어떤 사람이 다가와서 왜 책의 냄새만 맡고 다니냐고 묻더라는 것이다. 그래도 요즘은 기사보다는 책을 많이 읽는단다. 시각장애인도서관, 국립장애인도서관, 디지털 음성전자도서관 소리책, 시각 장애인 점자도서관 온소리 등에서 서비스하는 책이라고 하였다. 우리 몸의 노화 원인을 밝히는 《스프링 치킨》을 비롯한 먹거리 서적,《천상의 예언》같은 소설책도 읽는다고 하였다. 그는 조심스레 고백한다. 제 직업이 안마사지만 일을 할 땐 사람의 몸만 치료하는 게 아니라 독서를 통해 그의 고단한 영혼까지 주무르고 싶다고.

개
구
리

인연因緣에 속박되어 도道를 알지 못하기 때문에 부처님께서는 그들을 위하여 널리 펴고 알아듣게 타이르며, 말로는 물거품, 파초, 아지랑이, 그림자, 메아리, 요술, 허깨비, 꿈, 물속의 달 등의 비유로 그 뜻을 풀이한 것이니, 이런 것들이야말로 모두 허무한 것이며 미혹으로 인하여 생긴 것이다.

−《도세품경》

속가 사촌 동생의 투병 소식을 접한 날이었다. 맑게 씻긴 아침 해가 뜨는 시간이었다. 유난히 귀여워했던 동생이었고 유난히 나를 따랐던 아이였지만 우리는 각자의 길에서 벌써 반백의 세월을 살았다.

불편한 마음을 안고 문을 열어놓고서 나앉았다. 야트막한 산 아래 쫄쫄거리는 웅덩이에서 무당이 왔다. 아니, 비단이 문 앞에 앉았다 갔다. 두렵기도 하고 슬프기도 한 두 개의 이름을 가진 생명체는 이승과 저승의 경계 같았다. 저승사자와 망자, 애간장과 해탈. 남의 말 같은 것들은 못 보낸다고 몸부림이라도 쳐볼걸 그랬다는 후회를 향한 통로가 되었다. 잔상이 되었다.

무당이 문 앞에 어슬렁거렸다. 아니, 비단이 붉은 배를 애써 감추었다. 다가갈 엄두는 남겨뒀다고 자신을 위로하였다. 마음을 허락한 죄로 사람이 내 안에 왔다 가는 것이었다. 울다가 웃다가. 무당 같다가 비단 같다가.

오 가
는 는
말 말
도 도、

몸을 헤아리니 본래 스스로 없는데
하물며 식신의 생각識神念이 있겠는가.
어리석고 미혹한 중생의 무리
처음부터 능히 버리지 못하네.

—《보살영락경》

괴로움을 덜고 달래다, 위로

도반이 알고 지내던 사람으로부터 입에 담지 못할 소리를 듣고는 속상해했다. 은혜를 원수로 갚은 상황인지라 옆에서 보는 나도 속이 상했다. 그러나 가만히 생각해보면 오는 말이 고와야 가는 말도 고운 법이야 상대성에 익숙한 우리네 습성이다. 상대적 인식은 나에게도 남에게도 늘 상처로 작용한다. 언제는 좋아하더니 이제는 싫어 마음이 변했다고 하고, 약속이 영원하지 않다며 좌절하기도 한다. 그러나 우리는 안다. 사람의 감정과 생각도 인연 따라 생겼다가 인연 따라 사라진다는 것을.

사랑도 미움도 심지어 고운 말도 미운 말도 다 인연 따라와서는 인연 따라 사라질 허깨비다. 허깨비 같은 사람살이에 홀려 세월을 보내기보단 연극을 보듯 사는 게 좋다. 향기를 훔쳤으되 꽃잎 한 장 다치지 않는 사람이 찬 바람에 옷깃을 여미는 이다. 사랑할 때 사랑하고 미워할 때 미워하며, 울 때는 가슴을 치며 눈물을 흘리고 웃을 때는 하늘보다 맑아서 다치거나 건질 마음 하나 찾을 길 영영 없어야 자유인이다.

큰
도
량
작
은
도
량

여러 가지 아름다운 화만華鬘을 만들어
머리를 장식하면 아름다운 것처럼
덕의 향기를 널리 쌓은 사람
태어나는 곳마다 더욱 고우리.

─《법구비유경》

괴로움을 덜고 달래다, 위로

산이 크면 계곡도 깊다. 뭇 생명들이 깃들어 살거니와 쓸 재목도 많은 법이다. 사람은 그 큰 산 아래 계곡물을 끌어다 농사도 짓고, 재목을 베어다 집을 지어 마을을 이룬다. 큰 산이 이를 뭐라 할 리 없으니 사람이 산신을 부르고 은혜롭게 여긴다.

살다 보니 천하에 못 봐줄 사람이 또한 속 좁은 사람이었다. 산이 울어도 눈 끔쩍 않을 기개를 갖추길 원했던 사람이 남명 조식 선생이었다. 나무 한 그루 베었다고 산이 민둥산이 되고, 계곡물을 대다가 농사를 지었다고 물이 말라버렸다며 울상이라면 안 봐도 그 속이야 뻔하다. 큰 산이 작은 산을 거느리고 품는 법이지 작은 산이 큰 산을 거느리거나 품을 재주는 없다. 야단칠 땐 천둥처럼 위엄이 있어야 절로 존경이 가는 법이다. 베풀 때는 기둥이나 대들보 재목을 베어가도 울창한 숲에 표도 없어야 사람도 짐승도 산에 기대어 산다.

덩치는 산만 한 게 속은 왜 좁쌀만 하냐는 소린 안 듣고 싶은 일생이다. 물론, 타고난 내 덩치야 비록 작을지언정 그 속이야 타고난 것이겠는가.

가을
휴식

공덕으로 이루어진 큰 복밭이여
일체의 잘못들過失을 멀리 여의었네.
내가 심은 보시씨앗 아주 작은데
이러한 큰 과보 불러왔구나.

—《금색동자인연경》

괴로움을 덜고 달래다, 위로

가실가실 드디어 익을란갑다 하늘빛이 새파랗다가 금세 풀언덕이 느래진다 나무 그늘에 앉았으면 부는 바람 선선하고 빈마당 돌면 등아리 따가운 건 오고 가는 가을의 속성

멀리 뵈는 산능선이 엎어지고 오름길 가에 홍시는 물러터지고 도토리는 지붕을 투닥투닥 때리는데 한나절 시름도 정겨워 나 홀로 무력한 건 알알이 속이 익다가 속이 타다가 속을 들여다보고는 미소나 짓는 일

드디어 가을이 텅 빌란갑다 애달 것도 없이 미련 떨 것도 없이 슬픔마저 후드득 떨어지나니 바람만 불어도 이 무슨 빈 가슴인고 고목 아래 앉아 낙엽 주름을 새누나 허공을 나는 노랑나비에 비틀도 거리누나 모든 것들이 가만히 가만히 말을 넘어 사그라드누나

눈물로
씨를 뿌리는 일

내 처음부터 끝까지 한 일은 스스로 알고 본 것 드러내지 않고,
또한 이름과 이익 구하지 않고, 다만 불경을 따라 말함으로써
모든 세상을 구제하려 함이로다.

—《불소행찬》

마을과 논밭 어귀마다 퇴비가 쌓여 있었다. 봄 농사 준비에 농군들은 몸이 두 개라도 모자라다. 마당 빗자루나 부지깽이 도움마저 아쉬울 판이다. 지나가는 차는 퇴비 냄새에 얼굴을 찡그리며 코를 막듯 창을 굳게 닫고 흙먼지를 풀풀 날리면서 신작로로 급히 달려나갔다. 건조하고 바람 부는 날씨도 이어져 산불 조심 차량은 하루 종일 마을마다 돌며 불조심 좀 해 달라고 애원하는 날이 이어졌다. 그러고 보면 속이 거름처럼 푹푹 썩어나가는 농부들처럼 가슴에 불을 안고 사는 일이 우리네 일이다.

지난해는 콩 농사가 부진해서 쭉정이가 절반이었다. 고추는 탄저병이 돌아 고춧대 뽑는 일이 눈물이었다. 봄비라곤 찔끔거리는 쇠오줌처럼 답답하고도 안타까웠다. 그래도 찔끔거리는 봄비가 아까워 밭을 갈아엎어야 하고, 논은 써레질을 준비해야 한다. 내일을 알 수 없어 오늘 할 일을 포기하는 게 아니라 오히려 내일을 몰라 오늘 할 일을 마쳐야 한다. 선농일치禪農一致가 별것이던가. 지금 내가 서 있는 자리를 살피고 씨를 뿌리는 농군의 일일 테니 말이다.

출가인의
망상

여러 친척들이나 또 그 몸을
못내 사랑하고 서로 그리워하여도
목숨 마치고 신神이 홀로 갈 때는
오직 업業이 착실한 벗으로 따르나니.

—《불소행찬》

괴로움을 덜고 달래다, 위로

밉다가도 고운 것이 사람이다. 함께여서 의지가 되어 든든하여 좋다가도 훨훨 벗어나고픈 게 또한 사람이다. 한결같지는 못해도 일평생 같이 늙어가는 노부부를 보면 부럽다가도, 존경스럽다가도, 출가한 자유로운 홀몸이 그래도 제일 낫다가도 하였다. 그런데 일을 좀 하려니 한 손이 부족했다.

손이 하나만 더 있었어도 잡아주고 망치질을 바로 할 텐데, 못대가리만 자꾸 휘었다. 사다리 위에서 몸을 지탱하던 다리는 자꾸 후들거리고, 어깨는 뻐근하니 근육통이 올 것 같고, 삭발한 머리에서 흐른 땀이 눈을 찔러 따끔거렸다. 이럴 땐 좀 쉬엄쉬엄하는 것도 지혜다 싶어 밖으로 나갔다.

산모롱이 돌다 큰구슬붕이꽃을 만났다. '붕이'라는 말이 '허물어져 버린다'는 뜻이고 보면 허물어지지 않은 것 어디 있으려나. 나이 들면 몸도 허물어져 관절마다 삐걱대고 피부는 허물어져 주름투성이거늘. 꽃이야 말해 무엇하랴. 뉘라도 다가와 돌아앉은 내 등을 토닥토닥 두드려 준다면 뭘 더 바랄까마는 이것도 출가인의 망상이다.

부처님께서 말씀하셨다. "보살이 마음속으로 '나는 마땅히 한 명 한 명의 중생을 위하기 때문에 지옥에서 갠지스강의 모래 수처럼 많은 겁 동안 많은 고통을 대신 받더라도 한 명 한 명의 중생이 모두 부처님의 도를 얻어 반니원에 들도록 해야겠다'고 생각한다면, 이것이 즐거움이며 대비大悲이다."

—《방광반야경》 치지품

사는 게 재미없다는 문자를 받았다. 덜컥 겁이 났지만 즉답을 못 해 준 건 역시 인생이 걸린 문제이기 때문. 부처님도 인생이 얼마나 재미없었으면 깨달은 후 바로 열반에 들려고 생각했겠는가. 아침에 일어나서부터 해야 할 일에 동동거리며 사는 것도, 뭔가 하지 않으면 불안함이 엄습하는 것도, 다 인생이 원래 재미없어서일 것이다. 그렇다고 삶이 항상 재미있어야 할 필요는 없다.

하루 중에 웃을 일도 있고, 울 일도 있고, 바쁠 일도 있고, 한가할 때도 있고, 무료할 때도 있거니와 그 모든 게 종합되는 게 사는 재미 아닐까. 그렇더라도 그 역시 인생이 재미없음을 반증하는거니와 뭐라고 답을 해야 속이나 시원할 거냐. 인생이 재미없다는 걸 알면서, 사는 게 한편 재미라고 할까나? 보살심이나 대비심大悲心은 불교공부가 깊어진 다음의 이야기다.

모두가
아픈이들

온갖 병고病苦가 있더라도 나의 이름을 들으면 일체 모두가 단정함과 힐혜黠慧를 얻고 모든 근이 완전히 구비되고 모든 질병과 고통이 없을 것을 원합니다.

─《약사유리광여래본원공덕경》

괴로움을 덜고 달래다, 위로

그러고 보니 모두 다 아픈 이들이었다. 미워서 아프고, 미워할 수밖에 없어서 아프고, 미워하기 싫어서 아프고, 내리는 비가 이 아픔 다 씻어줄 리 없어 더욱더 아프고….

나라가 촛불로 반짝이던 다음 날 새벽 앞산에 아침 안개가 걸렸다. 아름답기 그지없고 신묘하기 그지없으나 사물 하나하나 원래가 오묘한 작용 아닌 바 없었다. 사람이 마음을 보는 것도 그러하니 신묘하지 않은 작용 어디 있으랴. 그러나 마음을 본다고 하니 그 또한 미혹이라. 마음에 무슨 거짓마음과 참마음이 있으리오.

불의에 화를 낼 만도 한데 화를 안 내는 사람도 있었다. 부당함에 항의하고 억울함에 결백함을 소리칠 만도 한데 참고 조곤조곤 말하는 사람도 있었다. 속이 다 썩어 문드러지겠다 싶은데도 감내하는 사람도 있었다. 도인이 따로 있는 것 아니었다. 자신의 생각을 잘 다스리다 그 생각마저 안개 사라지듯 걷힐 줄 아는 사람이었다.

고정관념을
슬퍼하며

고정관념을 멀리 여의면 마음에 얻을 것이 없으리니, 그 성품이
적정하게 되어 여러 가지 음성을 여의게 되리라.

—《광박엄정불퇴전륜경》

사람뿐 아니라 모든 존재는 스스로 변하려고 하지 않는 이상 그 누구도 억지로 변화시킬 수 없다는 생각을 하곤 한다. 변화된 환경에 적응하며 진화되고 살아남은 존재들은 모두 스스로 변화를 선택했던 존재들이다.

물론 변화라는 것도 어떤 일이 일어나거나 변화하도록 만드는 결정적인 원인이나 기회인 계기契機가 있었을 것이다. 계기는 단초端初라는 말과도 흡사하다. 실마리를 제공한다는 말이다. 실마리는 엉클어진 실뭉치의 첫머리다.

엉클어진 것, 실타래를 푸는 것 치고 사람과의 얽힌 관계만큼 풀기 어려운 게 있을까 싶다. 한 번의 오해는 상대방에 대한 고정관념을 만들고, 고정관념은 말과 행동에서 상처를 주며 개인과 개인을 넘어 집단과 집단에 이르도록 반목과 질시를 조장한다.

이렇게 멀어진 관계는 비록 단초를 제공한들 얽힌 실타래를 풀려는 마음조차 없게 만든다. 돌아볼 줄 모르는 사람이 갈피 또한 못 잡게 된다. 끝내는 불러도 모르고, 돌려보려 해도 보질 못한다. 중생놀음이다.

때가 이르면
슬픔도 잊으리라

세존이시여, 참으로 기이한 일입니다. 정말로 신기한 일입니다.
여래 무소착 등정각께서는 공덕을 성취하시어
미증유법을 얻으셨습니다.

―《중아함경》 미증유법품

비닐하우스 창틀에 굴뚝새가 집을 짓고 알을 낳았다. 모른 척하는 게 좋겠다고 생각하였다. 못 본 체하는 게 좋겠다고 생각하였다. 그게 잘 안 돼도 그냥 지나칠 줄 알아야겠다고 여겼다. 그렇게 며칠을 잊어먹지 못한 채 잊어버린 듯 지냈다. 어미 새는 인기척이 들리면 밖으로 바로 날아가 버렸다. 그럴 때마다 남의 집을 무단으로 침범한 듯한 미안함이 들었다. 흘렀는지도 모르게 시간이 흐르고 한 날 비닐하우스에 들어가 궁금증을 못 이기고 둥지를 살펴보니 알이 부화했다.

솜털도 안 난 바알갛고 쬐그만 생명들이 꼼지락거리고 있었다. 뭐든지 때가 있는 법이었다. 모른 척해도 때가 되면 일어날 일은 일어나고 될 일은 어느새 자연적으로 되나 보다. 다만 어긋난 길이 아니어야 꽃도 피고 좋은 열매도 맺을 터였다. 현실이 아무리 암울해도 때를 기다릴 줄 알아야 한다고 위로했던 사람에게 갓 태어난 쬐그만 생명들 사진을 보냈다. 우리가 알지 못하는 새 그때가 오는 법이라고 말해 주었다. 고운 마음 지니고 살면 지금은 아무런 일도 일어나지 않을 것 같아도 놀랍고 행복한 일이 부지불식간에 일어날 거라고 다시 위로해 주었다.

눈과
기차

이 세계 밖에 한 중생이라도 생사의 고통에서 벗어나게 해야 할
자가 있다면 보살마하살은 그 가운데를 지나갈 것인데 하물며
많은 중생이겠는가.

―《승천왕반야바라밀경》

길가 가로수마다 앙상했다. 그 많던 잎들은 다 어디로 갔을까. 봄가을로 붉은 꽃이며 단풍으로 화사하던 홍류동 계곡도 삭막하고 쓸쓸했다. 눈이라도 내리면 포근한 느낌이나마 들지만, 사람들은 새잎을 기대하고 꽃을 기대한다. 어느 파랑새가 내 창가에 앉아 정겨운 울음이라도 울어주기를 기다리는 것처럼. 그러나 그 앙상한 나뭇가지에 누가 손을 내밀고 자신의 앙상한 마음을 비빌 수 있을 것인가.

십이월의 기차가 출발을 알렸다.
차창 밖에는 찹쌀가루 같은 흰 눈송이들
애동지를 앞두고서
몸을 끌고 가는 이들의 숨골 위에
서걱서걱 쌓이고 있었다.

헐벗은 삶을 볼 줄 안다면
겨울은 모두 벗은 존재들이다.

앞 칸에선 갓난 애기가 간헐적으로 울었다.
눈보라 속으로 고사리 손을
따듯하게 건네고 싶었나 보다.

허나, 유리창 밖은 가닿지 못하는 세상
눈보라에 쓸려버리고

들판과 마을과 흐려지는 산등선 사이
달리는 기차는 무정도 하여라.

아이는 쉬었다
목 놓아 다시 우는데

창에 머리를 기댄 채 사람들은
종착역에 쌓일 눈을 미리 걱정하였다.

괴로움을 덜고 달래다, 위로

몹시 아끼고
귀중히 여기는 마음,
사랑

세상에 계셔서
고마웠던 분들께

염부리 천하 사람들은 수명이 백 살인데 더 오래 살기도 하고
혹은 짧기도 하였다.

—《대루탄경》

껌을 씹다가 어금니 덮어씌운 게 홀렁 빠졌다. 치료받은 지 십 년이 다 되어가니 그럴 만도 했다. 병원에 가는 거야 당연하지만 간수 안 되는 게 몸이라는 생각이 들었다. 속니도 다 삭았다는 의사의 말에 아버지 생각은 왜 나는지 모르겠다. 그러고 보면 속가의 어르신들은 대체로 일찍 세상을 떠났다. 할아버지는 뵌 적도 없고, 할머니도 환갑의 연세에 세상을 떠나셨는데, 위암이었다.

위암이란 걸 알기 전 할머니께서 음식을 잘 못 드시고 체기가 자주 있어 나는 어린 나이에 어디선가 소다를 먹으면 괜찮다는 소릴 듣고는 용돈을 털어 소다를 사다 드린 적이 있었다. 할머니는 코흘리개 손주가 사다 준 쓰디쓴 소다를 입에 털어 넣고는 "우리 손주가 사다 준 약이라서 그런지 달고 맛있네" 하시며 내 머리를 쓰다듬어 주셨더랬다.

그래서 난 어리석게도 오랫동안 소다가 단 것인 줄 알았더랬다. 아버지도 그리 많지 않은 연세에 이가 아파 고생하시던 모습이 기억 속에서 생생한데, 나도 벌써 그때의 아버지 나이가 되었다. 되돌아갈 수만 있다면 "너도 늙어봐라!" 하시던 어른들을 껴안고 "사랑한다"고 고백하고 싶은 날이었다.

고통 은혜로운

내가 원하는 것은 부처가 되어 오늘날 부처님처럼 일체 고통에
서 해탈하리라.

願我作佛 脫一切厄如佛今日

−《잡비유경》

몹시 아끼고 귀중히 여기는 마음, 사랑

아버지가 유산을 남기고 죽으며 형에게 나이 어린 동생을 잘 돌봐 줄 것을 유언하였다. 그러나 형과 형수는 성품이 포악하고 욕심이 많아 유산을 동생에게 나눠주기 싫었다. 그래서 동생을 죽일 것을 공모하였다. 형은 나이 어린 동생을 깊은 산속에 데리고 가 나무에 묶어놓고 차마 죽이지는 못하고 도망갔다. 동생은 사나운 짐승들이 출몰하는 산속에서 나무에 묶인 채 밤을 지새우며, 자신처럼 고통받는 모든 사람을 구제하리라 발심을 하게 된다.

나쁜 일이 어찌 나쁜 일이겠는가. 선한 원력으로 어려움을 극복한 이에게는 모든 고통이 삶의 은혜다. 비 갠 후의 새벽하늘, 시린 누이의 눈썹달이 뜨면 총총한 별이 아름답기 그지없는 것과 같다. 겨울날 한데 쪼그려 앉아 서늘한 새벽하늘을 올려다본 사람이면 안다. 캄캄해서 아름다울 수 있었던 인생을 읽게 된다. 사람에 대한 따뜻한 사랑만이 살아 있음을 증명한다.

세상에
비할 바 없는 꽃

이때, 선재동자는 보살의 깊은 자재묘음해탈문에 들어가 수행
증진하며,
일체 나무에 꽃을 피우는 밤 맡은 신에게 나아갔다.

ㅡ《화엄경》입법계품

몹시 아끼고 귀중히 여기는 마음, 사랑

그리스 신들 중에는 '대지의 신', '승리의 신', '술의 신', '사랑의 신', '곡식의 신', '전쟁의 신', '목동의 신' 등 종류대로 그 이름들이 많지만, 그리스어로 된 그 이름들의 단어를 내가 모르니 아름다운 이름인 줄은 모르겠다.

화엄경에는 밤을 주관하는 신들이 여러 명 등장하는데, '모든 나무에 꽃을 피우는 밤 맡은 신'이라는 아름다운 이름이 있다. 모든 나무의 꽃은 밤 맡은 신이 주관한다는 것이다. 그 '모든 나무에 꽃을 피우는 밤 맡은 신'은 한겨울에나 좀 쉴 수 있을지는 몰라도 밤마다 꽃을 피우려고 잠을 아예 잊고 살겠다. 눈꽃도 꽃이라서 겨울에도 쉴 틈이 없다면 할 말이 없지만서도 말이다. 그래도 밤을 잊은 신은 행복할 것이다. 밤마다 꽃을 피운다는 건 아무나 할 수 없는 사랑의 열정을 대변하는 것일 테니까.

사람도 사랑받는 이는 누구나 세상에 비할 바 없는 꽃일 테고, 사랑하는 이는 신과 다름없는 존재다.

타연아, 가문의 자식은 법답고, 업답고,
공덕답게 재물을 얻으며, 존중하고 받들어 섬기되
효로 부모를 봉양하며, 복과 덕스러운 업을 행하되
악업을 짓지 말아야 하느니라.

―《중아함경》 사리자상응품

몹시 아끼고 귀중히 여기는 마음, 사랑

불교의 '상구보리 하화중생上求菩提 下化衆生'이라는 가르침과 《대학大學》의 '수신제가 치국평천하修身齊家 治國平天下'라는 가르침이 사뭇 다르게 느껴지기도 한다. 불교는 부모를 버리고 출가하여 효를 행하지 않는다는 것이 유학자들의 공통된 공격이었다. 그러나 경전을 통한 부처님의 가르침은, 사사로운 정에 얽매이지 않는 모든 중생을 향한 출가 수행자의 사랑과 더불어 효행과 복덕의 업을 짓는 게 재가 불자의 의무였음을 그들이 알 리 없었다.

어머님이 암에 걸렸으나 돌볼 수 있는 형제가 없어 낙향해 어머님을 병간호한 도반이 있었다. 어머님이 당뇨까지 겹쳐 거동이 힘들어지자 대소변을 받아내기도 했다. 비구가 되어 밥을 짓고 반찬을 만들어 어머님을 봉양하는 도반의 모습을 봤을 때 아름다웠다. 출가자인들 낳아 준 부모의 은덕을 저버릴 수 있겠는가. 사람이 사람답게 사는 일이 어찌 불교와 유교가 다를 리 있겠는가.

마음 등을 켜는

내가 지금 빈궁하여 작은 등이라도 켜서 부처님께 공양하리니,
이 공덕으로 (…) 일체중생의 번뇌 어둠 없애게 하소서.

我今貧窮 用是小燈 供養於佛 以此功德 (…) 滅除一切生垢闇

－《현우경》 빈녀난타품

부처님오신날이면 어느 섬의 사찰 연등에는 고등어, 우럭, 광어, 농어 등등의 이름표가 달린다. 어부가 고기들을 대신해 등 공양을 올린 것이다. 도심의 어느 사찰에서는 매년 한 차례 고기들을 위한 천도재가 열린다. 횟집을 하는 불자님이 자신의 업으로 인해 죽은 수생생물의 왕생극락을 발원하는 행사다.

《현우경》에 나오는 가난한 여인 난타의 이야기는 불자라면 누구나 알고 있다. 가진 게 없어 작은 등이라도 켜 부처님께 공양하고자 하였다. 종일 구걸하여 한 푼어치 기름을 사 부처님 계신 곳을 향해 등을 켰다. 소원은 남들처럼 잘살고 싶다는 것도 아니었고, 자식이 좋은 대학에 가거나 남들보다 번듯한 직장을 바라는 것도 아니었다. 오로지 다른 이들의 번뇌를 없애는 지혜를 원했을 뿐이다. 바닷물을 다 갖다 부어도 꺼지지 않을 등불의 심지와 기름은 거기에 있었다.

평등심으로
가기

기쁨은 왕이 줄 수 있는 바가 아니라
부처님의 평등심으로 얻게 되듯이
중생들에게 착한 마음을 내면 이 마음에 무엇을 받지 못하리오.

喜非王所與 如得於佛等 善心於有情 比心何不受

―《보리행경》보리심인욕바라밀다품

몹시 아끼고 귀중히 여기는 마음, 사랑

왕이 주지 못하는 기쁨이란 무엇일까. 그럼에도 불구하고 부처님의 평등심으로 얻게 되는 기쁨이란 또한 무엇일까. 나는 아직 솔직히 잘 모르겠다. 그래도 참 신심 있는 분은 한 명 알고 있다.

결혼한 지 삼십 년 된 부부가 서울에서 다니러 왔었다. 남편은 스트레스를 많이 받는 직업을 가졌다고 하였다. 결혼해서 줄곧 술에 절어 지내지 않은 날이 없었단다. 술에 취해 늦게 귀가하면 잠자는 아내를 깨워 등을 밟아라, 다리를 주물러라, 냉수를 떠 오라고 시켜서 밤새 남편의 뒤치다꺼리를 하다 보면 새벽이 된다고 하였다. 그렇게 삼십 년을 살며 괴로울 때면 절에 가서 절을 하고 기도를 하며 견뎠다고 한다. 그러다 보니 이제는 인내도 경지에 올라 무슨 말을 들어도 성낼 일이 없단다. '인욕보살'이라는 말도 알겠단다. 이제는 남편의 몸이 내 몸 같아서 남편이 좋아하면 자신도 기쁘단다. 이런 말을 듣다 보니 평등심이란 어쩌면 이런 경지가 아닐까 생각하였다.

보살은
신이
아니다

일체 보살의 지혜로 머물러야 할 바에 머물고,

일체 여래의 지혜로 들어갈 바에 들어가며,

부지런히 수행하되 쉬지 아니하며,

모든 해야 할 일에 가지가지 신통을 잘 나타내 보였다.

—《화엄경》십지품

몹시 아끼고 귀중히 여기는 마음, 사랑

국내의 한 조선소에서 현장으로 노동자 가족들을 초청한 적이 있다고 한다. 용접과 페인트칠을 하는 가장의 모습을 지켜본 가족은 일하는 모습을 지켜보는 내내 펑펑 울었다고 한다. 본인의 가족이 이렇게 힘들게 일하는 줄 몰랐다는 것이다.

그러고 보면, 보살이란 가정이나 직장에서 자신의 자리에서 오늘도 묵묵히 맡은 일을 잘 감당하는 아버지, 어머니, 그리고 자식의 모습이기도 할 것이다. 보살이 특별한 신분이나 전능한 신은 아니다. 사람을 사랑하는 그 마음으로 자신이 해야 할 일을 묵묵히 잘 해내는 사람일 것이다. 그들이야말로 지혜로 머물러야 할 바에 머물고, 지혜로 들어가야 할 바에 들어가며, 쉼없이 정진하되, 곳곳마다 신통력을 드러내는 이들이리라.

타인을
내 자식처럼

부처님께서 가섭에게 이르시되, 그러하고 그러하다.
나는 중생을 실로 아들로 생각하며 라훌라처럼 여기노라.

佛告迦葉 如是如是 我於衆生實作子想如羅羅

─《대반열반경》 장수품

몹시 아끼고 귀중히 여기는 마음, 사랑

얼마 전, 한 아버지가 백혈병에 걸린 딸을 떠나보낸 뒤 전 재산을 들여 그 딸의 이름으로 아픈 아동을 위한 병원비 지원 사업을 벌였다는 기사를 읽었었다.

내가 아파봤으면서도 남의 아픔을 모른 체하는 사람이 있는가 하면, 세상에는 내가 아파봐서 비로소 남의 아픔을 절절히 이해하는 이도 있기 마련이다. 역지사지易地思之의 마음으로 세상을 본다면 비근한 예로 며느리가 미우면 발뒤꿈치가 달걀 모양으로 생겨서 밉다는 속담도 없었을 것이다.

어떤 사회학자는 인간의 이기심을 생존의 본능이라고 해석하기도 했지만, 이런 말들은 가뜩이나 팍팍한 우리네 삶을 더욱더 슬프게 만든다. 짓밟아야 높아지고 경쟁에서 무조건 이겨야 성공한다는 생각은 얼마나 무자비한 행태인가. 오히려 '모든 사람이 내 자식 같다'는 부처님 말씀이 특별할 것 없는 세상이면 참 좋겠다.

치
유
의

불
꽃

죄가 있고 죄가 없고는 자신을 치료하는 도로 통하는 것이니,
그래서 우파리가 율의 첫 번째 지위를 차지하며 대사로 찬양받
는 것이니라.

有罪　無罪　通己身治癒之道優波離　於律置爲第一位　得大師之
稱揚

—《불종성경》 주경행처품

몹시 아끼고 귀중히 여기는 마음, 사랑

모든 것이 자신에게로 통하도록 길을 만드는 것을 '도를 닦는다'고 하리라. 밝은 것이든 어두운 것이든, 심지어 허물이든 칭찬이든 모두 자신을 치료하는 약이다. 호롱의 기름이 다 닳고 급기야 심지까지 다 타버리는 짧은 순간, 이는 불꽃처럼 마지막 임종의 순간, 일생을 회상하는 일을 회광반조回光返照라고 한다. 그러나 불문佛門에서는 어디 그런가. 매 순간이 자신을 치유하고 세상을 치유하는 불꽃 아니겠는가.

다이아몬드는 다이아몬드로만 가공할 수 있다고 한다. 가장 강한 물질이기에 어쩔 수 없이 가장 강한 것으로 가공하는 것이리라. 마음도 마음으로만 치유가 가능한 것인지라 고개를 끄덕였다. 사랑도 사랑으로 치유하는 것인지라 더욱이 그러하였다. 빛나는 그 사랑이 그 누군가의 빛나는 사랑으로 이루어졌으리라 믿는 것도 마찬가지였다.

마음을
믿지
마시라

또한 마음을 인하여 경계를 비추나니,
모든 마음이 경계며 각각 자성이 없어 오로지 인연일 뿐이다.

又因心照境 全心是境 各無自性 唯是因緣

—《종경록》 제3권

몹시 아끼고 귀중히 여기는 마음, 사랑

나이 오십의 여성이 기도하러 왔었다. 차를 대접하며 왜 아직 혼자 사느냐고 물었다. 그동안 숱하게 받았던 질문이었으리라.

죽고 못 살던 사람이 있었단다. 그런데 다른 여자랑 양다리를 걸친 걸 알게 되어 헤어졌다고 했다. 그 후로는 그 어떤 남자도 믿지 않게 되었다고 하였다. 그러면서 내게 물었다.

"스님, 사랑이 어떻게 변할 수 있어요? 마음이 변하면 안 되는 거잖아요."

마음이 변하지 않는 그 무엇이라고 믿는 순간 우리는 허상에 묶이게 된다. 그 마음이라는 허상에 묶이면 마음 따라 울고 웃고, 애착하고 분노하고 어리석어진다. 마음에서 만들어진 사랑이야 말해 무엇하겠는가. 짧은 만남에 어찌 다 이해시키겠는가. 그래도 누군가를 다시 사랑하시라고 말해 줄 수밖에.

내가 지금 용기를 내어 비록 금계를 깨뜨려

지옥의 괴로운 과보를 받는 한이 있더라도

죽으려는 이를 버리고 갈 수는 없다.

我於今時發勇悍心 設犯禁戒寧當忍受地獄苦報 不應遠離令彼

失命

—《불설대방선교방편경》

몹시 아끼고 귀중히 여기는 마음, 사랑

석가모니 부처님 전생담 하나를 소개하고자 한다. '광명光明' 이라는 한 청년이 있었다. 그는 사만이천 년이라는 기간 동안 청정행을 닦은 이였다. 그런데 '가다'라는 여인이 청년에게 첫눈에 반해서 자신과 결혼하지 않으면 죽겠다고 하였다. 난감한 일이 아닐 수 없는 상황에 청년은 이 여인의 진심을 알게 되고 계를 깨뜨려 지옥에 갈지언정 죽게 할 수 없다는 결정을 내리게 된다. 그러나 이 여인과 결혼을 한 '광명'은 결혼 후에도 수행을 지속하여 지옥고를 면할 뿐 아니라 범천에 태어나고 나중에 석가모니 부처님이 되었다는 얘기다.

부처님의 전생담을 읽으며 계를 범한 '타락'이라는 말은 어쩌면 계에 있는 게 아니라 스스로 수행의 마음을 접는 것이겠구나라고 여겼다. 나를 죽도록 사랑한다는 사람이 없어서 중으로 살기에 다행인 점도 있겠지만, 한 편 죽도록 사랑한다는 것은 사람의 고귀한 일 가운데 하나일 것은 틀림이 없다.

사랑의 주체가
따로 없다

보살은 일체중생에게 평등한 자비심을 내며
악행 중생을 배나 불쌍히 여기는데,
비유하자면 큰 부자가 외아들을 사랑하는 마음이 골수에 사무
치듯
보살이 일체중생 사랑하는 것도 역시 그러하다.

－《대장부론》 요익타품

가끔 감정을 추스르지 못할 때가 있다. 특히나 못 들을 말을 들었을 때 그러하다. 기림이나 칭찬은 어느 정도 감정의 기복이 적고 오히려 부끄러움만 더할 때가 많지만 못 들을 말을 들었을 때는 감정을 추스르기가 쉽지 않다.

동진출가하여 승랍이 육십 년이 다 된 스님을 만났었다. 그 스님도 아마 실수였는지 하지 말아야 할 남의 험담을 내 앞에서 하였다. 차라리 나쁜 일에 대한 험담이었으면 그러려니 했을 텐데, 남의 좋은 일에 대한 질투와 험담이었다. 못 참고 어른께 한 마디 쏘아붙이고 돌아온 그날 밤새도록 앓았다. 몸이 아니라 마음을 앓았다. 갓 출가한 이만도 못하다고 비난도 하였다. 그러나 곧 알게 된 건 내 중생심만 밤새 혼자서 드러냈다는 것이었다. 일체중생을 사랑한다는 것에는 승속의 구분이 없다. 사랑에 국경이 없다고 말하는 것처럼 사랑에 승속의 대상을 정해서는 안 되는 것이었다. 사랑의 주체도 사랑하려는 이가 바로 보살이다.

달관의 노년은
아름답다

이때, 마왕이 게송으로 설하여 대답하되,
"저 사람은 욕망을 잘 끊어서 욕망에 이끌리지 않으며,
이미 마의 경계를 넘었기에 내가 근심하노라."

爾時 魔王說偈答言 彼人善斷欲 不可以欲牽 已過魔境界 是故
我懷憂

―《별석잡아함경》

합천 삼가면에 오일장이 서면 농로를 따라 경운기를 몰고 나들이하는 할아버지 할머니 내외가 있다. '장날이면 거름을 지고라도 장 구경 간다'는 옛말처럼 장이 서면 반드시 나가봐야 하는 게 바로 시골살이다. 할머니를 태운 할아버지의 경운기 운전 솜씨는 이미 달관의 경지다. 살 것이 딱히 없어도 이리저리 장을 둘러보다 할아버지는 동무와 길거리 국밥집이라도 들러야 살맛이 나고, 할머니는 콩나물이며 손두부라도 몇 모 사야 기다린 닷새가 섭섭지 않다. 이런 노부부를 보노라면 어떻게 수십 년을 해로하실 수 있었는지 존경스럽기 그지없다. 고운 정보다 미운 정이 더 깊이 사무치는 게 사람의 일인지라 노부부의 일생은 젊은이에게 존경일 수밖에 없다. 서로에 대한 인고의 세월이 서로에게 맞춰가며 한 경계를 넘어선 깨달음이었는지도 모르겠다.

눈병이 들다

어리석음의 눈병을 제멸하였으니,
중생계에 중생이 없음을 요달한 연고라.

除滅癡 了衆生界無衆生故

－《화엄경》입법계품

몹시 아끼고 귀중히 여기는 마음, 사랑

꽃잎이 흩날리기에 눈병인가 하였더니, 겨울 햇살 아래 몇몇 눈송이가 바람에 흩날리고 있었다. 가야산 정상은 흰 눈을 덮어쓴 채 장좌불와長座不臥 중이었다. 산사의 동안거 선원에서는 흩날리는 눈발 속에서 눈도 잃고 길도 잃는 일이 벌어졌겠다. 흩날리는 눈송이를 맞으며 "눈병이다. 눈병!"이라고 하였더니, 옆에서 따라 걷던 보살이 "눈병은 사랑 때문에 생기는 병인데요"라며 대꾸를 해 주었다. 누군가를 사랑하여 그 사람 외엔 아무것도 아니 보이면 눈병이 난 게 분명하다.

보살이 중생을 사랑하여 생사도 아니 보이면 그것 또한 눈병인 게 분명하다. 사랑이 병인 것인지, 사람이 병인 것인지 되물으려다 나는 그냥 병을 안고 살기로 했다. 사랑 때문에 생긴 눈병이라면, 사람 때문에 생긴 눈병이라면 그 또한 좋지 아니한가.

합해야
그 무엇이 되었다

부처님이 경전에서 말씀하시기를,
이 여러 재목들을 합하여 써서 수레를 만듦으로 해서
수레가 되는 것이라고 하셨습니다.

佛經說 合聚是諸材木 用作車因得車

―《나선비구경》

몹시 아끼고 귀중히 여기는 마음, 사랑

"사랑을 나눌 수 있습니까" 하고 젊은 여인이 물어왔다. 수레의 어떤 부분을 수레라고 부를 것이냐는 물음과 사람의 어떤 부분을 사람이라고 부를 것이냐는 물음에 상통하는 질문이었다. 또한 모든 사람을 사랑하는 보살의 마음을 의심한 질문이었다. 그래서 "사랑을 나눌 수는 없지만, 사랑을 모두에게 줄 수는 있다"고 대답하였다. 하나의 촛대에서 다른 촛대로 촛불을 옮겨도 촛대에 촛불이 줄어들지 않는 것과 같다. 어머니가 자식들에게 사랑을 주되 낱낱의 자식들에게 낱낱의 사랑을 온전히 다 주는 것과 같다. 바다에 온갖 생물들이 마음껏 먹고 마시며 살아가되 조금도 그 바닷물의 양이 줄어들지 않는 것과 같다.

사람이 사랑에 실패하는 큰 이유는 사랑이 그 무엇이어야 한다는 자신의 고정관념 때문일 가능성이 크다. 자신이 바라는 사랑이 아니면 의심하고 믿지 못하기 때문이다. 하기야 믿지 못하는 그 마음도 사랑임을 또 어찌 알랴만, 안색과 소리의 울림과 숨이 헐떡거리는 것과 고락과 선악이 합해서 사람이고 사랑이다.

사
랑
의

노
래

사리불아, 저 불국토에는 항상 하늘의 음악 소리가 나고 땅은
황금으로 되어 있으며, 밤과 낮 여섯 번 하늘에서 만다라화曼陀
羅華 꽃비가 내리느니라.

─《불설아미타경》

이가 서 말인 혼자살이에도 금싸라기 은싸라기 쏟아져 들어오는 밤이 있다. 휘황한 달빛, 찬연한 별빛은 앞도 아니 보이는 세상사 실루엣으로 검게 가려진 무대 배경의 조명 같다.

여름의 절정이 가을 문지방을 살짝 건드리기 시작하는 무렵이었다. 무더위에 지칠 무렵, 소나기가 한차례 비닐하우스 처소 지붕을 두드리다 먼발치로 떠날 그때부터 밀려들었다. 문을 꽁꽁 닫더라도 소용없었다. 그래서 낫으로 한 자나 자란 쑥이며 잡초를 베어다 밖에 쌓아놓고 모깃불을 피운 뒤 그냥 문을 열어 놓기로 했다. 젖은 불 냄새가 자욱하게 피어오르면서 일 끝낸 사람인 양 대자로 드러누워 막무가내로 쳐들어오는 그 금은 싸라기들을 귀에 주워 담았다.

"짜르르 짜르르르 짜르 짜르 짜르르⋯."
초저녁에는 어리여치가 먼저 울었다.
"귀뚜르 귀뚜르 귀뜨르르르 귀뜨르르⋯."
어둠이 내리자 어리여치에 이어 귀뚜라미가 울었다.
세월을 놓치면 다시 못할 사랑 노래였다.

포기할 수 없는
인연

걱정 말라! 주리반특이여! 자신이 어리석은 줄 아는 사람은 이미 어리석은 사람이 아니니라. 참으로 어리석은 자는 자신이 어리석다는 사실을 모르는 사람이다.

—《법화경》 오백제자수기품

밭 어귀에 봄볕 먹은 쑥이 올라올 때쯤이었다. 머위도 아기 잼잼이 손바닥만 하게 기지개를 켜기 시작했다. 종균을 넣어 아무렇게나 세워놓은 참나무에선 표고가 어릴 적 훌쩍거리던 콧방울처럼 부풀어 오르기 시작했다. 날이 따뜻하여 봄도 일찍 찾아오겠기에 묘목 시장에 들러 수국 모종을 열 주 사다가 언덕배기에 심었다. 그런데 꽃샘추위에 된서리 내리더니 밤새 세숫대야 물이 얼고, 밀어 올린 지 얼마 안 된 새잎이 시들하더니 말라버렸다. 낮볕을 틈타 물을 주었으나 상한 마음 되돌릴 길 없듯이 수국 잎은 끝내 돌아오질 않았다. 그래서 그냥 뽑아버릴까 생각하다 뿌리는 살아 있으리라 여기며 다시 새순을 틔울 것을 믿기로 했다. 그게 봄을 시샘한 독한 영하의 기온에 대한 귀여운 복수가 될 것 같았다. 믿음을 포기하면 그 무엇도 아닌 나 자신에게 먼저 지는 것이리라. 설령 영영 아니 살아날 모종일지언정 모두가 포기한 어리석은 사람 보듬은 부처님 정성의 흉내쯤은 있어야 했다.

꽃 속에는 그대 이름도 있다

부처님께서 손으로 만지시니, 낱낱 꽃 속에서 부처님의 몸이 나타났다.

―《화수경》

몹시 아끼고 귀중히 여기는 마음, 사랑

마명보살이 연꽃을 부처님께 바치니 부처님은 이 꽃을 미륵에게 주고 미륵은 여러 보살에게 주었으며, 보살들이 이 꽃을 시방무량세계에 흩으려 하자 부처님께서 이 꽃을 다시 만지시니 그 낱낱의 꽃 속에 부처님이 나타났다.

봄에는 꽃을 보자. 기왕이면 쪼그려 앉아 정겹게 보자. 꽃 속에서 누군가 그대의 이름을 불러줄 테다. 그대는 그저 가만히 바라보면 된다. 따듯한 눈길만 주면 된다.

길을 가다 봄꽃을 보면 반가운 얼굴을 만나듯 "이름이 뭐였더라?" 기억을 더듬는다. 매화는 향기가 일품이다. 꽃잔디는 흰색, 자주색이 어우러져 길가에 핀다. 들이나 길가에 아무렇게나 피어도 그냥 지나칠 수 없었던 순박한 꽃이 민들레다. 언덕배기 올망졸망 키 작은 파란색은 봄까치꽃이다. 여리디여려 바람에 날아갈 듯한 바람꽃도 있었다.

'당신을 따르겠다'는 꽃말을 지닌 금낭화쯤 되면 순박한 여인 같기도 하다. 찔레꽃은 만지면 꽃잎이 낱낱이 흩어져 버려 애처로움이 서렸다. 명자꽃은 촌스러운 이름 탓에 부끄럼 많은 소녀다. 봄이니 꽃 같은 이름 하나 같이 떠올린들 죄가 될 리는 없었다.

열두
고비

사랑

선남자야, 열반은 괴로움을 끊은 것이며, 열반 아닌 것은 괴로움이다. 모든 중생이 두 가지 있음을 보았으니 괴로움과 괴롭지 않음이다.

—《대반열반경》

몹시 아끼고 귀중히 여기는 마음, 사랑

귀뚜리 울자 찌르레기도 곁에서 운다. 여름과 겨울, 열두 고비를 넘는 중 가을볕에 가렵고 쓰라린 피부는 간직했던 담수潭水를 터뜨린다. 한고비 겨우 넘으면 한숨이고 두 고비 겨우 넘기고 나면 걱정만 쌓이거늘, 귀뚜리와 찌르레기가 곁에서 곁을 지켜주며 우리의 행복이 그게 다일지라도 그저 좋다고 서로가 서로를 내 몸처럼 안고 운다.

우는 일도 한생 가운데 찰나 같아서 지나친 계절이야 이유는 불문不問이다. 귀뚜리가 찌르레기가 어두컴컴한 대문 앞에서, 허물어져 가는 담벼락 밑에서, 뉘가 볼 새라 풀잎 아래 들어서, 손을 붙잡고 얼굴을 부비다 다시는 나누지 못할 따스한 체온인 양 달고비 별고비마다 쉼도 없이 바삐 바삐 울고 또 울기 시작한다.

아니다. 아니다. 귀뚜리와 찌르레기가 곁을 지키며 웃는다. 사랑할 날은 아직 달고비 별고비처럼 많이 남았다고 웃는다. 서로가 서로의 시간을 배웅하며 체온과 체온을 부비며 웃는다. 다시 와도 좋다고, 다시 아니 와도 그저 좋다고 이울고 차는 달빛처럼 웃는다. 빗속에서도 흐르는 강물처럼 웃는다.

부처님 크게 자애慈愛하시어 제도한 자 헤아릴 수 없어라. 존귀한 몸 금빛 관에 계시어 청정하고 고요하며 편안하시네. 넉넉하고 온화한 덕으로 몸에 광명을 나타내시어 널리 하늘과 사람들이 무량복을 일으키게 하소서.

—《가섭부불열반경》

———

　감국甘菊이 염불 소리에 마르는 아침, 가을 국화차 맛은 더욱 지극하였다. 초하루 예불에 참석한 여섯 마리 새끼 토끼 대중은 염불보다 따뜻한 햇살과 사료 그릇에 마음을 뺏겼다. 그래서 나도 초하루 법문은 포기다.

　얼마 전 마당에 물건 덮어 놓은 천막을 들추다 깜짝 놀라고 말았다. 지난 태풍, 천둥 울리고 번개 치는 밤 방생하는 토끼가 천막 밑에서 제 가슴 털을 뽑아 요람을 만들고 새끼를 낳은 것이다. 두렵고 앞이 캄캄한 어둠 속에서 세상에 나온 녀석들을 보니 가슴이 뭉클하였는데, 한편 세상에 온 생명치고 신비롭고도 소중하지 않은 것 있었던가 자문도 해 본다.

　그나저나 중이 토끼 새끼를 자식으로 얻었으니 어쩐다. 미역국이라도 끓여주고 싶지만, 토끼 어미가 먹을 리도 없었다. 부기 빠지는 데 호박이 좋다 하니 생호박 한 덩이와 공양 과일을 칼로 잘라 놔두었었다.

　토끼는 매우 예민한 동물이라 사람이 갓 난 새끼를 쳐다보면 새끼를 물어 죽인다는 말에 천막 안의 물건도 꺼내질 못했었다. 이제는 새끼 토끼가 주먹만 하게 커서는 요람을 나와 마당에 뛰어다니고 툇마루 밑을 돌아다닌다. 생명의 자유가 곧 법문의 자유로움과 다름없다.

홀로 되어
쓸쓸한 마음이나 느낌,
외로움

마음에도
오방이 있었던가

오방의 안팎을 평안하게 하는 모든 신들의 진언.
나무 사만다 못다남 옴 도로도로 지미 사바하.

ㅡ《천수경》

홀로 되어 쓸쓸한 마음이나 느낌, 외로움

행자 때 일이다. 새벽 두 시 사십 분이면 일어나 법당에 촛불을 켜고 다기에 청수를 올린 후 정확히 세 시가 되면 도량석을 했었다. 몹시도 추운 겨울 새벽이었다. 머리통만 한 목탁을 들고 《천수경》을 하면서 볼이 갈라 터질 것만 같던 날이었다. 천수경을 시작하자마자 바로 '오방내외 안위제신 진언'에 이르러 누가 땅에 잡아매기라도 한 듯 발길이 떨어지지 않았다.

"동서남북과 내가 서 있는 자리인 오방이 마음에도 있었던가? 이 마음을 뉘가 평안하게 할 수 있단 말인가. 마음을 평안하게 하는 그 신들이란 과연 무엇이던가?" 하는 의문이 갑자기 일었기 때문이었다.

법계에는 오방이 있어도 마음엔 오방伍方이 없고, 법계의 오방을 평안하게 하는 신들이 있을지언정 마음을 평안하게 하는 신은 따로 없다는 이치에 이르러 달마 앞에 쪼그려 앉은 혜가가 되었다. 불편한 마음이란 본래부터 없었다. 불편하다고 여겼던 허망한 마음만 나고 사라졌던 것이다.

네 꿈이
무엇이냐

배우고 받들어 섬기는 임금의 몸일지라도 추위와 더위,
수고와 고통을 피하지 못하고 자유롭지 못함은
고통스럽게 재물을 얻으려는 업을 지은 까닭이며
욕심을 부린 큰 잘못이니라.

—《증일아함경》 삼보품

홀로 되어 쓸쓸한 마음이나 느낌, 외로움

옛날에는 어린이에게 꿈을 물어보면 대부분 대통령 아니면 장군 또는 선생님, 의사, 간호사 등의 대답이 주류를 이뤘다. 지금은 가수나 배우 등의 연예인이 대세를 이루고 있다. 권력과 돈, 또는 명예나 사회 헌신의 욕구가 인기를 얻는 것으로 바뀌었다고 하면 좀 비약인 것일까?

초등학교 사 학년 때였나 보다. 네 꿈이 무엇이냐고 어른이 물었었다. 바람처럼 구름처럼 자유롭게 사는 것이라 대답했었다. 그 뒤로 나를 보는 사람마다 놀렸다.

"저 아이가 바로 바람처럼 구름처럼 살고 싶은 게 꿈인 녀석이다."

중이 된 지금도 늘 바람처럼 구름처럼 살고 싶은 걸 보면, 나는 거지이거나 중이 될 싹수였나 보다. 송편 모양의 달이 참 밝은 밤이었다. 비닐하우스 안에서 화목난로용으로 나무를 가지러 밖에 나갔다가 바라본 밤하늘이 그랬다. 이만한 살림살이면, 비가 내려도 젖지 않았고, 바람이 불어도 아늑하였다.

밖의 외모만 보지 말고
보잘것없어도 가까이 공경할지니
드러난 것이 사악한 행실을 감춘 것이라면
실로 품은 것이 방탕하지 아니한가.

勿視外容貌 卒見便親敬 現閉豣邪迹 而實懷放蕩

—《불설장아함경》

홀로 되어 쓸쓸한 마음이나 느낌, 외로움

내가 좋다고 자주 토굴에 드나들었던 불자님이 계셨다.

불자님이 오실 때마다 내 승복은 때가 꼬질꼬질하였고, 신발 속이며 삭발한 머리에는 늘 톱밥이 붙어 다녔다. 산에서 나무를 해야 하기 때문이었다. 그러니 불자님이 오셔도 방으로 안내해 차라도 대접할 엄두가 안 났다. 하긴, 내가 사는 곳은 사실 방이랄 것도 없다.

앉으면 엉덩이가 시리고, 너저분하기 이를 데 없는 경우도 많았다. 그러니 찾아와 주신 것만으로도 황송하기 그지없는 노릇이었다. 그러다, 오랜 시간을 붙잡고 앉아 차를 대접할 겨를이 없어 부처님 뵈었으면 그만 돌아가시라고 몇 번 일찍 돌려보냈더니 이제는 발길을 끊어버렸다.

누군가에게 들으니 자꾸 가라고 해서 싫어하는 줄 알았단다. 그래도 그만하면 외모를 보지 않는 불심 하나는 높이 기릴 만하였다. 그분이 발길을 끊은 건 나의 외모가 아니라 모자란 행실 때문이었을 것이다.

태어나면서
이미
괴로움이었다

저 고행자가 정진하며 삼가 잊지 말 것은
참선을 익히고 많은 지혜로움 닦기를 좋아하면
짐승처럼 어리석지 않으리니 ·
이것이 고행이며 번뇌를 떠나는 법이니라.

彼苦行者 精勤不忘 好習禪行 多修智慧 不愚如獸 是為苦行離

垢法也

─《불설장아함경》

홀로 되어 쓸쓸한 마음이나 느낌, 외로움

혼자 산속에 살면서 적적하여 키우기 시작한 두 마리의 개 가운데 수컷이 멀리 떨어진 마을까지 가서는 사고를 쳤다. 약삭빠르게 목줄을 끊고 먼 마을까지 암컷을 찾으러 간 모양이었다.

그곳에서 다른 수컷과 싸움이 있었는지 덩치 작은 남의 개를 물어 죽였다. 그 뒤로는 이중으로 목줄을 하고 풀어주지 못했다. 하루에 한 번 정도 산책을 시키는 게 고작이었다.

달빛 좋은 저녁, 포행길에 두 마리 개의 목줄을 잡아당기며 혼잣말을 하였다.

서러워할 것 없느니라. 태어나면서 우리는 이미 묶인 삶이니라.

내가 너희를 묶은 것 같아도 너희에게 내가 묶인 것이니라.

삶이란 태어나면서 이미 고뿔인 것이니라.

우리에게
진짜로
슬픈 일은

이에 세존께서 게송으로 설하시되,
항상 할 것 같아도 모두 사라지고, 높은 것은 반드시 떨어지며,
만남에 이별이 있고, 태어남에 죽음이 있네.

於是世尊說偈言　常者皆盡　高者必墮　合會有離　生者有死

—《법구비유경》 무상품

홀로 되어 쓸쓸한 마음이나 느낌, 외로움

우리네 삶살이에서 가장 슬픈 건 이별일 것이다. 부모 형제와 이별하고, 생때같은 자식과 이별하는 일이다. 그러나 기실, 이별이란 없던 것이 새로 생긴 현상이 아니라 태어나면서부터 운명으로 따라다닌 그림자 같은 것이었다. 또한 이별이라는 그림자는 삶의 실체적 본질이었다.

도반이 세월호 미수습자 가족들과 아픔을 함께하기 위해 목포항으로 달려 내려간 지 석 달이 될 때였다. 인간사 사랑하는 사람과 이별하는 고통인 애별리고愛別離苦를 부인할 수는 없지만, 원래 그런 것이니 체념하고 말자는 말은 입 밖에도 꺼내지 못한다. 부처님의 말씀은 삶과 육신에 대한 지나친 집착을 놓아야 번뇌에서 벗어날 수 있다는 가르침이지, 남의 아픔과 죽음과 이별에 대해 무덤덤하니 모른 체하자는 말은 아니기 때문이다. 그러고 보면, 우리에게 진짜로 슬픈 일은 이별보다 아파하는 이들과 함께 아파하지 못하는 마음에 있었다.

독을
약으로
쓰다

또 무슨 인연으로 재물이 많아지고 보배가 많아지는가?
저 여래를 뵙고는 꽃을 뿌리고 등불을 켜며,
다른 여러 가지 보시할 물건으로 크게 보시하기 때문이다.

−《증일아함경》 선취품

홀로 되어 쓸쓸한 마음이나 느낌, 외로움

독으로 병을 치료하는 경우가 있다. 현대 의학에서는 백신이 그 한 종류이고, 한방에서는 독성이 강한 부자附子가 그렇다. 부처님 법도 어쩌면 인간의 욕심이라는 병을 욕심이라는 약으로 다스리는 방편설이다.

부잣집에 태어나기를 바라면 부처님께 예경을 올리고, 건강하게 오래 살기를 바라면 뭇 생명을 해치지 말며, 극락에 나려면 온갖 공덕을 지어야 한다고 말한다. 그리고 부자가 되고 싶으면 보시를 하라고 가르친다. 그러고 보면 모두 확인할 수 없는 미래의 욕심을 채우는 방법이기도 하다. 긁어모아야 부자가 되는 게 아니라 베풀어야 부자가 되고, 내 배를 채우려고 남을 죽이는 것이 아니라 남을 살려야 내가 산다는 이상적인 방법론을 믿기란 쉽지 않다. 그러나 욕심이 욕심을 낳는 게 아니라 욕심을 부추겨 욕심의 번뇌에서 벗어나게 하는 방법이다. 과보는 믿거나 말거나다. 그래도 안 믿으면 욕심의 번뇌에 얽매인 인생이 허무해서 정말 못 견디겠다.

사랑도
잠시라서

비유하자면, 봄에 나무가 살아나되
점점 가지와 잎이 무성하다가 가을 서리에 이내 떨어져
하나의 몸에서 분리되거늘 하물며
사람이 잠시 함께 있는 것과 친척인들 영원하리오.

─《불소행찬》 거익환품

홀로 되어 쓸쓸한 마음이나 느낌, 외로움

우연한 기회에 어느 보살님과 부처님 생애에 관해 대화를 나누다가 서로 돌아가신 부모님 이야기가 나왔다. 나는 한창 어머니의 손길이 필요할 여섯 살 때 돌아가셨으니, 어머니에 대한 그리움이 남달랐다. 보살님이나 나나 효도할 기회가 없어 가슴 아픈 마음은 말하지 않아도 그 떨리는 목소리에서 짐작이 가고도 남았다.

부처님은 난 지 이레 만에 어머니를 여의고 이모 손에 컸으니, 자라면서 어머니에 대한 그리움이 더욱 남달랐으리라는 것이 우리의 공통된 심사였다. 어릴 때 싯다르타 태자 시절부터 늘 정이 그립고, 사람에 대한 연민이 깊었으리라. 홀로 사색에 잠기는 것을 즐겼을 것이고 인생의 무상함을 절감하였으리라. 그러고 보면 사람에 대한 사랑도 내가 사랑받고 싶은 만큼 사랑을 주는 건 아닐까 생각해 본다. 그 사랑이란 것이 지극히 개인적이어서 애착이 되고 더 큰 괴로움이 될지언정 내 모든 걸 쏟아붓는다. 그래서 사랑은 기쁨보다는 긴 슬픔이다.

위대한 가장
교육 대한

진실된 말을 비난하면 지혜가 없어 닦고 익힐 수 없나니,
능히 수행하는 이를 장엄하여 선함을 다 성취해야 한다네.

眞實語非難 無智不修習 能莊嚴行人 於善皆成就

―《제법집요경》이악어언품

홀로 되어 쓸쓸한 마음이나 느낌, 외로움

살다 보니 비판을 넘어 비난할 일도 많다. 사람들은 옳고 그름을 떠나 자신의 입장에서 상황을 판단하고 이익을 추구하기 때문이다. 가끔 접하는 부부싸움에도 이런 일들을 발견하게 되는데, 아내나 남편은 자신의 잘잘못을 떠나 무조건 내 편이 되어 주기를 바란다. 그런데 어느 한쪽이 냉정하게 잘잘못을 판단하면 섭섭함이 생겨 싸움으로 번진다. 또한 내 자식이 남의 자식에게 폭력을 행사하거나 집단 따돌림에 가담했더라도 내 자식의 잘못보다는 남의 자식에게 잘못이 있어 그리된 거라고 믿고 싶어 한다.

그래서 알게 된 게 사람은 비난을 통해 선한 마음을 회복하는 게 아니라 남의 선함에 감동을 받아야 자신의 잘못도 되돌아본다는 것이었다. 부처님도 남의 잘못을 보고 세 번 지적하고는 그래도 말을 안 들으면 그냥 자리를 피하셨다. 비난을 통한 가르침이 능사가 아니라 선한 실천을 몸소 보여주는 게 더 큰 교육이 된다고 믿었던 탓이다.

꽃이었다 이미

환희한 마음으로 노래 불러 찬탄하되 한마디만 하더라도
다 이미 성불했고, 마음이 산란해도 꽃 한 송이 일심으로
불상에 공양하면 많은 부처님 뵙게 되네.

　—《묘법연화경》방편품

홀로 되어 쓸쓸한 마음이나 느낌, 외로움

지리산 영원사 올라가는 길이 폭설에 지워진 날이었다. 산길에서 차를 돌려 나오자니 눈송이가 허공에 분분하였다. 멀리 보이는 산봉우리는 적멸에 든 듯 그 모습을 지우고 있었다. 잠시 차에서 내려 손으로 눈을 한 덩이 뭉쳐 계곡을 향해 던졌다. 나뭇가지에 돋았던 눈꽃들이 후드득 쏟아져 내렸다. 내 입에서 "와! 멋지다"라는 감탄사가 절로 흘러나왔다. 멀리서 딱따구리가 뾰족한 주둥이로 썩은 나무를 목탁처럼 두드리다 잠시 멈칫하였다. 일체 세상이 환희이자 찬탄의 대상이었다.

그러니 일체가 이미 성불이다. 이미 꽃이다. 눈 내리는 산속에서 나만 잠시 눈물이 났는데, 산에서 내려오자 눈은 진눈깨비로 바뀌더니 이내 비가 되었다. 추질거리는 마을과 도로. 내 산란스러웠던 마음 같았다.

부처는
어디든
간다

원컨대 세존께서는 제자의 청을 받아 주시어
저희가 사는 곳에 오셔서 집을 편안하게 해 주소서.

唯願世尊受弟子請臨降所居賜爲安宅

—《불설안택신주경》

홀로 되어 쓸쓸한 마음이나 느낌, 외로움

암자에 살 때, 정월달이면 마을에 안택을 다녔었다. 경전에는 "세존이시여, 사람이 사는 세간에 가택家宅의 길흉吉凶이 있는지 없는지를 잘 모르겠습니다"라고 묻자, 부처님께서는 "그러한 일은 모두가 중생의 심행心行에서 비롯되는 것이다. 꿈속의 생각으로 지은 것은 모두 없다고 할 수 없다"고 대답하셨다.

세상은 꿈속의 꿈이자 꿈속의 생각으로 지은 것이니 무슨 길흉화복을 논할 것인가 마는 중생은 두렵다. 지붕만 고쳐도 안 좋은 일이 생길까 두렵고, 화장실을 새로 지어도 화가 미칠까 두렵고, 대문을 새로 달아도 악운이 들어올까 봐 노심초사다. 그래서 정월달에 나를 초청하는 집이 있으면 가서 향을 피우고 화엄신중을 청해 경을 읽으며 안택예불을 하였다. 그렇게 안택을 하고 나면 일 년 동안 마음의 위로가 되었다. 그래서 부처는 중생이 원하면 어디든 가야 하는 존재라는 것이다. 가도 간 적 없이 가야 하고, 와도 온 적 없이 와야 한다. 그래야 꿈일 테니 말이다.

자
릴
빼
앗
다

의지한 데 없으나 어디나 있고, 안 가는 데 없으나 가지 않나니,
허공에 그린 그림 꿈에 보듯이 부처님의 몸도 이렇게 보라.

雖無所依無不住 雖無不至而不去 如空中夢所見 當於佛體如
是觀

－《화엄경》 입법계품

홀로 되어 쓸쓸한 마음이나 느낌, 외로움

시골 작은 목욕탕 양지 녘에는 냉이꽃이 필 모양이었다. 앙증맞은 봄까치꽃이야 벌써 맞선을 본 터였으니 그리 놀랄 일은 아니다. 쑥이 제법 자라 들깻가루가 아쉬운 일이었지만 올해는 바쁜 마음만 쑥쑥한 참이었다. 다행히 묘목 시장에 들를 일이 생겨 살구나무, 포도나무, 구기자나무, 베리를 몇 그루씩 사 왔는데 심을 곳이 마뜩잖았다. 지나가는 할매 등이라도 빌릴 판이었는데 땅이 없어서가 아니라 햇볕 잘 드는 곳이 서러워서다. 살면서 가장 행복하다 생각되는 순간이 봄날에 밖으로 쪼그려 앉아 봄볕 쬐는 일인데 묘목이 자라면 자리를 뺏기고 그늘이 질까 염려하여서다. 그래도 누군가에게 자릴 내주며 사는 일이 사는 보람이거니 싶어 삽을 들고 땅을 팠더랬는데 일찍 올라온 풀을 한 삽 뜨고는 또 망연하였다. 남의 자릴 뺏었던 건 내가 아니던가. 뒤엎어진 흙 한 삽에 터줏대감 머위 뿌리가 반쯤 잘려져 있었다.

어디로 갈까나

저희들 지금부터 세존을 여의었으니
고통에 빠져도 능히 구호해 주실 이 볼 수 없네.
슬프고 슬프도다. 크고 성스러운 존자이시여,
이제부터 긴 이별이니 무슨 수로 뵐까요?

我等從今離世尊
沒苦無能見救護
哀哉哀哉大聖尊
方今長別何由見

—《대반열반경후분》 성구확윤품

홀로 되어 쓸쓸한 마음이나 느낌, 외로움

무산(오현) 스님 다비식 할 때 나는 밭에서 풀을 뽑고 있었다. 가볼까 하다가 그만두었더랬다. 전국에서 사람들이 몰려들어 다비식을 지켜볼 텐데 그 인파에 끼는 일이 싱겁고 맥 빠질 것 같기도 해서 밭에서 풀이나 뽑자고 마음을 먹었더랬다. 자기를 놓아버리는 일에는 풀이나 불이나 다를 게 뭐 있겠나 싶었다. 그 임은 불 속으로 들어가고 나는 풀 속으로 들어간 것뿐이다.

땀에 젖은 면 속옷이 살에 감기면서 쭉 찢어졌다. 모기가 또 얼굴을 물어 눈두덩이 퉁퉁 부었다. 호미가 손에서 자꾸 미끄러졌다. 뻐꾸기 소리는 디딜방아를 찧는 중이었다. 다음 생은 어디에 뿌리를 내릴지 나는 아직 정하지 못하였는데, 오현 스님은 잘 가셨을 거라고 여기니 오다 만 바람만 허허로웠다. 그래서 찬물 한 바가지 목구멍에 쏟아붓고 그늘에 벌렁 드러누워 하늘을 올려다봤다. 어디서 왔는지 노랑나비 한 마리 나풀나풀 머리 위를 맴돌다 갔다. 갈 곳을 왜 굳이 찾으려 하느냐 말하는 것 같았다.

불꽃 속으로
뛰어들다

어떤 중생이 생사의 괴로움을 싫어하여
여래의 제도를 받을 이를 보면,
나는 그에게 법을 말하여 능히 좋은 방편으로
일부러 태어나게 하노라.

—《화엄경》입법계품

누군가 물었다.

"나방은 뻔히 죽을 수밖에 없는 불꽃 속으로 왜 뛰어드는 것일까요?"

생각해 보면, 불꽃 속으로 나방이 뛰어들 때 자신이 죽을 줄 알았을까 싶다. 사람이야 불 속으로 뛰어들면 살이 타고 뼈가 녹을 줄 미리 알지만, 나방이야 자신이 뛰어드는 그 불꽃이 자신의 날개를 태우고 몸뚱이를 태울지 어찌 알았겠는가.

"불꽃이 우리가 볼 때 불꽃이지 나방에게도 불꽃일까요? 물이 아귀에게는 불로 보이듯이 말입니다."

생사生死도 같은 이치가 아닐까 하였다. 어떤 이에게는 생사가 괴로움에 뛰어드는 윤회의 일로 보여 싫을 것이고, 어떤 이에게 생사란 보현보살의 원력을 실천하는 은혜로운 수행도량일 것이다. 부러 자신을 거듭 태워도 좋을 세상이기도 할 것이다.

아픈 이가 누구던가?

무엇이 다섯 가지인가? 첫째는 현전現前갈마이다. 둘째는 자언自言갈마이다. 셋째는 불청정不淸淨갈마이다. 넷째는 여법如法갈마이다. 다섯째는 화합和合갈마이다. 이것을 일러서 병病을 안다고 하는 것이며, 약藥을 안다고 하는 것이며, 병에 맞게 다스릴 줄 안다고 하는 것이다.

―《갈마》

홀로 되어 쓸쓸한 마음이나 느낌, 외로움

잠을 잘못 잔 탓인지 운동이 좀 과했던 탓인지, 또는 초겨울 일교차로 몸이 굳어서인지 목덜미와 어깨 근육이 며칠째 아팠다. 깊은 잠을 청하지 못하고 뒤척거린 지도 몇 날이 지나고 있었다.

덕신선감 선사가 병이 들어 죽기 전에 어떤 중이 찾아와 물었다. "병나지 않은 이가 있겠습니까" "아야아야로다" 하니 참 절묘한 가르침이다. 내 목도 아파서 "아야 아야" 하였는데, 실제로 아픈 놈은 그놈이 아니었던 것이다. 살면서 아프다고 소리친 놈은 아픈 적이 단 한 번도 없었다.

되지도 않는 시 한 수 읊는다.

토끼가 아픈데 매가 울고
도끼날이 무뎌지는데 땔감이 서럽다.
뉘가 있기에 울고 웃으며
아마타불 서방으로 약사藥師를 모시고 가는가.

잊고
지내다

부드러운 바람이 향내를 실어와 마음을 달래 줄 때,
나는 산 정상에 앉아 모든 무지를 흩날려 버릴 것이다.

─《장로니게》

홀로 되어 쓸쓸한 마음이나 느낌, 외로움

오월엔 초목의 잎이 푸르게 자랐고, 유월엔 녹음이 우렁 짙더니, 칠월은 숲도 계곡도 가 닿지 못할 만큼 깊다.

키 작은 관목들과 키 큰 소나무가 섞인 오솔길이 날로 좁아지더니 둘이 걷기엔 이미 틀려버렸다. 목적을 놓아버린 포행의 발걸음도 혼자라는 사실도 계절 따라 성숙해졌다. 지나던 다람쥐를 몇 번이나 속으로 간절히 불렀건만 마음으로만 나를 엿보았다. 손에 잡힐 듯 얼쩡거릴 뿐 가까이 다가와 주지 않았다. 저도 외로움을 즐길 줄 알았다.

지나가는 모든 것들은 그렇게 과거가 되었다. 그러나 과거가 되어버리는 모든 것들은 돌이킬 수 없는 아름다움이기도 하다. 그래서 사찰 주위를 아침 포행하며 드는 짧은 생각, "이 좋은 데 살면서 늘 잊고 지내는구나!" 싶었다. "한세상 살면서도 그러하구나" 하였다.

반딧불이가
날아왔다

인연에 집착함이 없어서
그리하여 오래도록 안온하게 되네.
이를 한가한 수행이라 하나니
고달픈 괴로움의 뿌리 멸해 다하네.

―《수행도지경》 무학품

홀로 되어 쓸쓸한 마음이나 느낌, 외로움

반딧불이가 날아다니기 시작한 날이었다. 신비로운 밤이었다. 그러나 불빛을 따라가 붙잡지는 않아야겠다고 여겼다. 내 곁에 잠시 빛을 깜박이며 왔다가 가는 것만으로도 반딧불이는 황홀하였다. 황홀하여 밤새 울어도 그저 좋겠다고 여겼다. 아, 누가 또 빈 마음에 불을 켜주신 것이었다.

일 년간 함께 소임 보던 이가 그만두었다. 자기의 길을 찾은 듯하여 다행스럽다가도 길을 잃은 듯도 보여 안타깝기 그지없었다. 그러나 각자의 길은 각자가 감당해야 할 몫이었기에 잡지는 않았다. 이왕 가려고 마음먹었으니 좋은 일들만 생기기를 바랐다. 생각해 보면 반딧불이의 반짝임처럼 세상사 모든 일이 지나고 보면 순간이었다. 지난 적도 없이 순간이었다. 번개 한 번 번쩍인 것이며, 꿈이며, 허깨비 같은 것이었다. 사람이 그 순간을 잇고 이어 번뇌하였다.

그믐 가는 길

지나간 일을 기억하지 말고
장차 올 일은 생각하지 말라.
과거는 이미 사라져 없어졌고
장차 올 일은 아직 얻지 못했네.

─《불설존상경》

홀로 되어 쓸쓸한 마음이나 느낌, 외로움

누군가 가을 타는 것 아니냐고 반문하였다. 하고픈 말들이 여름날 싱싱한 나뭇잎처럼 무성했는데 이젠 낙엽처럼 툭툭 떨어져 나갔다. 사는 게 할 말 없었다. 이 세상에 붙박은 듯 보이지만 나는 어디론가 떨어져 나가는 중인지도 모를 일이다. 홀로 앉아 있으면 어둠이 기척도 없이 다가와 어깨를 누르곤 하였다. 외로움도 길이 들 모양이었다. 그러다 다시 생각해 보니 홀로 맞는 밤이라서 외로운 게 아니라 달이 너무 늦어 외로웠다. 보름 지난 지 며칠 됐다고 얼굴이 핼쑥하니 늦게 나왔다. 기다리는 마음이야 애가 탄들 신통도 없었다.

밤하늘에 달이 나온들 불을 꺼야 달이 잘 보이고 별도 잘 보인다. 거실과 방마다 불을 끄고, 마당과 거리의 불을 끄고, 건물과 도로의 불을 꺼야 비로소 어둠이 빛으로 안내하는 말을 듣게 된다. 어디 밤하늘만 그렇던가. 나라고 우기며 밝히는 우리들 각자의 불을 꺼야 나와 다른 지혜의 불빛들, 부처님의 찬란한 빛을 볼 수 있는 이치였다.

그대와 내가
안 맞았던
이유를 찾다

거친 말이 예리한 칼이요
탐욕이 무서운 독약이며
성냄이 치솟는 불이요
무명은 칠흑 같은 어둠이니라.

麁言利刀劍
貪欲痧毒藥
瞋恚熾盛火
無明極重暗

—《천청문경》

홀로 되어 쓸쓸한 마음이나 느낌, 외로움

어떤 이가 사소한 이유로 누구랑은 안 맞는다며 물어왔었다. 나는 "글쎄요" 하고 대답하였다. 사람이 서로 맞고 안 맞고는 크기와 부피의 어울림이나 생각의 차이는 아닐 것이다. 작으면 늘리고 크면 줄이고 넓으면 좁히고 좁으면 넓혀야 하는 것이 상대에게 맞추는 것이라면 영영 맞을 리 없음이 사람과 사람이리라. 다만, 크면 큰 대로 작으면 작은 대로 비거나 채울 곳이 있기 마련이니 그것을 서로 발견하는 일이 어울림일 것이다.

혹시 그대 옆구리에 빈 구멍이나 채울 공간이 있다면 거기에 맞는 작은 조각 같은 내가 필요할 테다. 혹시 그대가 어디엔가 쐐기처럼 박힐 틈 있는 이를 보거든 끼워보시라. 아마 도무지 어울릴 것 같지 않은 이에게 꼭 들어맞을 수도 있으리라. 내가 그와 비슷하거나 같을 필요는 없다. 그 누군가의 빈 곳을 채울 수 있으면 그들은 아주 잘 맞는 것이리라. 보살은 그런 존재여야 하지 않을까.

계절 따라 나도 가노라

선남자여, 비유하면 일출도 세 계절마다 다르나니,
봄과 여름, 겨울을 말하자면 겨울 해는 짧고,
봄 해는 중간이며, 여름 해는 극히 기니라.

復次善男子 譬如日出有三時異 謂春夏冬 冬日則短 春日處中 夏
日極長

—《대반열반경》

홀로 되어 쓸쓸한 마음이나 느낌, 외로움

산에 억새도 잎이 떨어져 앙상해지고 있었다. 여름에 너무 더워 작물이 안 된 탓에다 바쁜 탓으로 묵정논에 심은 작두콩이며, 쥐눈이콩이며, 들깨 따위 추수는 올해 포기했으니 새나 먹으라고 놔두었다. 그러니 도랑에는 풀과 작물이 누렇게 한 빛깔로 어우러져 무성하였다. 이제 겨울도 닥치는지라 산불 때문에 불을 놓지도 못한다. 아마 내년 봄이나 돼서 봄비 오는 틈을 타 불을 놔야 할 것 같다. 그러고 보니 참 세월이 빠르기는 하다. 벌써 마지막 한 장의 달력만 남았다.

인생이 추울 때가 있어 언제가 봄날이었던가 싶고, 여름은 생각보다 짧았구나 싶었다. 창에 서린 겨울 예고에 입김을 감추며 누비옷을 챙기거니와 할 일은 언제쯤 끝이 나려 하는지 알 길이 없어 욕심이나 한 바가지 찬거리마냥 쟁여 놓았다. 인생이 와서 가는 줄은 알지만 언제나 한 해의 막바지가 닥치면 불을 때도 춥기는 마찬가지였다. 온정이나 잃지 말아야지 하면서도 그 또한 사심이 사뭇 사뭇 끼는지라 묵은 옷이나 털어 바람 한편에다 추려선 거풍을 했다.

이
게
뭐
지
?

만일 마음과 마음의 모양과 마음의 인과 마음의 과와 마음의 모임과 심왕과 심수心數와 마음이 하나임과 마음이 둘임과 이 마음과 저 마음과 마음이 멸함과 마음이 평등함과 마음으로 닦음과 닦는 이와 상심上心과 중심과 하심과 선한 마음과 악한 마음을 본다면, 이렇게 보는 이는 마음을 닦지 않는다 이름하느니라.

—《대반열반경》 제29권

홀로 되어 쓸쓸한 마음이나 느낌, 외로움

———

　지난날을 생각하자니 어느 날은 못 견디도록 춥다가 어느 날은 못 견디게 더웠다. 산에 산마다 계절 따라 꽃이 피고, 비에 젖거나 눈 쌓인 산속을 걷기도 했었다. 까닭 없이 늘 눈물 바람이었다. 사는 일이 힘겹거나 서럽거나 방황의 연속이었다. 그러다 "뭐지?" 했었다. 출가란 걸 해서도 또 "뭐지?" 하다가 저절로 알게 되었다.

　해답 없는 질문이라야 질문이 되고, 해답이 없는 세월이라야 한편 인생이었다. 그래서 눈물도 기쁨도 모두 다 평안이었다. "이게 뭐지?" 하는 질문의 답이었다. 이젠 "뭐지?" 하는 질문에 의미도 담을 수 없다. 그러나 질문을 여의고서 진짜 질문을 다시 할 줄도 알게 되었다.

　미소 지으며 "뭐지?"

　산사에 미소처럼 매화 꽃송이가 여물 때쯤 이르러 해제가 다 되었다.

법계는 마음 비추는 거울

털끝에 부처, 대중 수가 없으며
중생의 욕망들도 끝이 없거늘
그 마음 모두 따라 법 일러주며
한량없는 법계에도 그와 같더라.

―《화엄경》 십지품

홀로 되어 쓸쓸한 마음이나 느낌, 외로움

해인사 연못의 개구리알을 물끄러미 한참을 바라보다가 하늘빛 어린 내 얼굴을 발견한다. 사물을 본다는 건 내 얼굴을 비춰보는 것과 다름없다. 봄꽃이 떨어지고 막 새잎을 내는 고목 앞에서도 온화한 미소를 잃지 말아야 할 이유를 배우는 건 잎 표면에 내가 비쳐서다. 내외가 어찌 따로 존재하는 것이겠으며, 너와 내가 다르랴. 사물을 접하되 촉감에 매몰되어야 옳겠는가.

바위를 덮은 이끼에도 내 못난 얼굴이 비치고, 새벽에 휘파람새 애간장 녹이는 울음소리에도 내 슬픔이 녹아 비친다. 불어난 계곡물 소리에 꽉 막힌 내 앙금 같은 고집들이 드러나 비치고, 길가에 핀 한 송이 꽃에도 향기 부족한 내 심성이 비친다.

세상은 내 부끄러움과 못난 심성과 어긋나는 삶의 여정이 비치는 거울이거니와 피할 길도 없다. 손으로 눈을 가린들 모두 숨김없이 얼비친다. 그러고 보면 '나'라는 존재는 사물에 그 속이 비치고 드러나 보이는 어린 '은어'이거나 '해파리'와 같다. 창자에서 뼈까지 다 보이고야 만다. 일체가 마음 따라 법을 일러주고 있으니 스스로를 속이지 못한다.

너와 내가
어우러져
꽃이다

눈에 종기가 난 듯 깊이 부끄러운 마음을 내야 하며,
한센병 걸린 사람이 훌륭한 의사의 가르침을 따르듯
너도 이같이 부끄러운 마음을 내야 한다.

─《관허공장보살경》

꽃은 꽃대로 피고 바람은 바람대로 부는 것. 꽃이 필 땐, 묵은 낙엽 다 쓸어내고 피는 것 아니요. 바람 불 땐, 모든 먼지 다 날리고 비구름 몰아오는 것 아니었다.

너와 내가 모습이 다르고 사는 방법이 달라도 배척함 없이 한데 어울려 화엄세상이었으니 나만 잘났다고 할 것 없고, 너는 왜 그 모양이냐고 힐문할 것도 없었다. 농부는 농사짓는 데 달인이요, 음악가는 음악 만들고 노래 부르는 데 추종을 불허하고, 작가는 글을 쓰는 데 나름의 일가를 이루며, 화가나 사진작가는 자신만의 분야에서 남보다 뛰어나다.

그러니 사람과 사람이 위아래가 없고 꽃은 꽃대로 그 빛깔이나 향기에 우열이 없건만 보는 이가 "더 좋다" 하거나 "안 좋다" 하며 자신의 잣대를 댈 뿐이었다. 자신을 과신하는 이에게 "겸손할 줄 알아야 한다"고 쏘아붙인 후, 상처를 준 게 마음이 아파 혼자 애태우며 그도 세상에 하나뿐인 꽃이란 걸 왜 인정하지 못했던가 후회하였다.

바람이 자면
물결도 잔다

아아, 삼계三界는 황홀하기가
달이 물 위에 어리는 것 같으니
비유하면 그것은 신기루와 같아
파초처럼 견고하지 못하네.

−《가섭결경》

홀로 되어 쓸쓸한 마음이나 느낌, 외로움

태풍 지난 하늘에 뭉게구름이 꿈결처럼 어여쁘고 억수 비를 쏟은 탓인지 일기는 모처럼 청명도 하였다.

사람들은 인생이 꿈같다는 말들을 한다. 그런데 가만히 생각해 보면 인생은 꿈같은 게 아니라 인생 자체가 한바탕 꿈이다. 기억 못 하는 전생의 일들이 한바탕 꿈이었고, 불과 십 년 전의 일들이 한바탕 꿈이었고, 지금의 일들도 꿈과 다름없으니 아침 안개요, 풀잎의 이슬이요, 한여름 고목나무에 떼 지은 매미 울음소리다. 사람살이가 꿈인 줄 알고 살면 슬픔도 괴로움도 달콤하거니와 기쁨과 행복은 또 얼마나 소중할 것인가.

온갖 인연에 얽힌 생활과 마음은 흰 구름처럼 가볍고 집착은 물안개처럼 흩어진다. 해변 파도 소리를 생각해 보면 맞아떨어진다. 부서지고 또 부서지는 파도는 흔적이 없다. 지난밤 폭풍우 속의 요란한 천둥소리와 거친 파도조차 바람이 자면 물결도 잔다. 그저 꿈속 세상 오온伍蘊이 공하거니와 나란 인식도 손가락 사이로 빠져나가는 모래와 같으니 사람살이 무엇을 애달파하리.

다스리지 못한 갈증

갈증은 독이라도 마실 정도이고
가시로 찌르는 듯이 추우니
세 치 혓바닥으로 맛을 알고
온갖 진구塵垢도 보존하지 못하네.

−《광홍명집》

홀로 되어 쓸쓸한 마음이나 느낌, 외로움

연지蓮池에 연꽃이 피고 짐을 아쉬워하다 환갑 지나 얻은 늦둥이 같은 백련 한 송이를 따왔다. 아무도 거들떠보지도 않을 작은 연지의 꽃일망정 누구도 내게 연꽃을 준 적이 없었으니 엄밀히 말하면 연지에서 꽃을 훔쳐 온 것이 맞다.

향기만 훔쳐도 수행자는 가슴이 아픈데, 하물며 주지 않은 꽃을 꺾어 왔으니 죄스러운 일이 아닐 수 없다. 다 연꽃차를 마시고 싶은 욕심 탓이었다. 도반이 말했다. "욕심이 재물에만 있는 건 아니다"라고.

소반에 연꽃을 담아 녹차를 조금 넣고 끓는 물을 부으면 그윽한 차향이 그만인 게 연꽃차다. 거기다 얼음을 넣어 시원하게 마시면 한여름 더위마저 어느새 천리만리 달아났으니, 그 차 맛 욕심이 끝내 일을 저지르도록 나를 부추긴 것이다.

수년 만에 연꽃차를 마셨음에도 내내 마음에 거리낌이 치밀었으니, 맛이 있을 리도 없었다. 우스갯소리로 "훔친 사과가 맛있다"는 말도 헛소리임이 분명하다. 괴로움이 어디서 오겠는가. 다스리지 못한 갈증, 그 마음 하나 때문 아니던가.

겨울을 나면서

무엇을 웃고 무엇을 기뻐하랴.
생각은 항상 불타고 있나니
너희들은 어둠 속에 덮여 있구나.
어찌하여 등불을 찾지 않는가.

— 《법구비유경》

홀로 되어 쓸쓸한 마음이나 느낌, 외로움

미움도 얼른 풀어져 버리라고
진눈깨비 유난히 많은 겨울이다
송곳처럼 얼어붙은 마음도 풀려버리라고
추운 날 삼 일에 햇볕 따뜻한 날은 나흘이었다
그리움도 사랑의 흔적이었다고
강물은 풀려 멀던 봄이 넘실거릴 테다.

누군가를 미워할 수 있어 고마운 적이 있어야 비로소 우리는
사랑을 했다 할 것이다. 미움도 없고 그리움도 없는 이에게 무슨
사랑을 논하랴. 미운 정 고운 정이 든 세월만큼 가슴 찢어지도록
아픈 밤을 지새울 수 있는 법이니 그 인연이 얼마나 소중한가.

세속의 정을 떼고 출가한 사람이야 정에 얽매인 그 괴로움이
란 것도 벗어나지만 세속에 사는 이들이야 어디 그러하던가. 부
모와 자식 간의 정에 얽히고설켜 그립고 안타깝거니와 사랑하
던 사람과 헤어져 원망하며 미워하는 일도 다반사 아니겠는가.
그러나 그 괴로움을 고마움으로 바꿔 살아가는 이는 드물었다.
미워할 수 있어 고맙고, 원망하거나 그리워할 수 있어서 일생의
가장 소중한 인연이었다고 여기는 이는 드물었다. 모르는 이들
에겐 봄이 얼마나 멀리 있는 것인가.

관자재보살의
기도

선남자여! 나는 보살의 대자비행의 문으로써 일체중생을 평등
하게 교화시키기를 끊이지 않노라.

－《대방광불화엄경》 입법계품

홀로 되어 쓸쓸한 마음이나 느낌, 외로움

누가 보살은 원래 타고나는 것이냐고 물었다. '나'란 생각이 없는데, 보살이 어디 있고 중생이 어디 있느냐고 힐문하였다. 한편 맞는 말이면서, 한편 틀린 말이다. 보살은 원력으로 태어나고 중생은 욕망 속에 태어나는 법이었으니. 그래서 나는 시로써 기도한다. 인생이 불쌍해서 눈물을 흘린다.

욕심과 욕심마다 따뜻한 손길이 필요하고요
번뇌와 번뇌마다 인자한 눈이 필요합니다
하나의 욕심이 천으로 늘어
천 개의 손이 필요하고요
하나의 번뇌가 천으로 늘어
천 개의 눈이 필요합니다

그래도 만약에 말입니다
팔이 하나만 있어도 다 안을 수 있다고 하시면
그것만으로 충분히 만족하렵니다
그래도 만약에 말입니다
눈이 하나만 있어도 모든 번뇌 다 볼 수 있다면
그것만으로도 흘릴 눈물 다 흘리렵니다

그 누군가를 위해
정말 천 개의 손과 천 개의 눈이 필요한데요
이미 내게 있는 것으로 충분하다
말씀하시면 말입니다
진정 그렇게 말씀하신다면 말입니다
아, 사바에 무슨 소원이 또 남아 있어
미소 짓지 못하겠습니까

홀로 되어 쓸쓸한 마음이나 느낌, 외로움

믿고 받드는 마음,

신심

일광보살이
비쳐 오는 아침

여래의 광명이 일월보다 수승하여 능히 저 악세에 큰 지혜를 베푸시네. 스스로 청정하게 조복하여 더러움이 없으시고 미묘한 논의論議로써 외도들을 꺾으셨네.

─《비화경》

약사여래불을 모신 암자에 뜻 맞는 도반과 함께 산 지 두 달이 되었다. 새벽예불 후 방에 들어가 창을 열고 어슴푸레 밝아오는 먼 산을 보다가 못 참고 뛰쳐나와 언덕배기에 올랐다. 동이 트고 아침 해가 떠오르기 시작하자 어둠에 잠겼던 산중 암자는 별안간 황금빛 찬란한 도량이 되었다.

약사여래불 좌보처가 일광보살日光菩薩인데, 어째서 해를 의인화시켜 약사여래의 좌보처로 모시게 되었는지 조금 알 것 같다. 절망 같은 어둠을 밝히며 희망을 주기 때문이리라.

해가 뜨면 실체가 가려진 지난밤의 두려움은 이제 더 이상 없다. 모든 두려움은 지혜 없음에서 오는 것. 그래서 지혜 없음을 무명無明이라 하지 않았던가. 그러나 우리가 어둠이라고 부르는 것은 단지 상대적 현상일 뿐, 무명과 무명이 다함까지도 없다.

동녘이 밝으면서 가슴이 벅차올랐다. 마음 가난한 모든 이들에게 짊어질 수 있을 만큼 황금빛 아침 햇발을 퍼 주고 싶었다. 일광보살의 원력에 아침 안개가 제일 먼저 산길 따라 올라와 도량에 도달하였다.

그 마음에 머물기

응당 어떻게 머물며, 어떻게 그 마음을 항복시켜야 합니까?

應云何住 云何降伏其心

—《금강반야바라밀경》

《금강경》에서 부처님을 향한 수보리의 최대 관심사는 보살이 어떻게 머물며, 어떻게 그 마음을 항복시키느냐의 문제였다.

학인 때의 일이다. 바로 윗반의 스님 한 명이 아랫반을 모아놓고 늘 훈계를 즐겼다. 위빠사나 수행을 강조했었다. 내 마음을 내가 몰라 늘 어리석어진다는 취지의 말도 자주 했었다. 하루는 점심 공양 시간에 줄을 서는데 여지없이 아랫반을 향해 잔소리를 시작하였다. 보다 못한 같은 반 스님이 제지하며 말하였다.

"스님, 도대체 왜 그래? 다들 배우는 단계인데 자꾸 남의 단점만 지적하는 건 안 좋은 모습이네요."

그러자 그 스님이 반색하며 말하였다.

"나는 내 마음을 알아요. 내가 왜 그러는지, 내 마음이 어떤 상태인지 분명히 아니까 걱정하지 않으셔도 됩니다."

윗반 스님의 그 대답에 모든 스님이 그만 고개를 돌려버렸다. 마음은 알아도 그 마음에 머물 줄 몰랐기 때문이었다.

신심 보석 같은
信心

믿음은 도의 근본이요, 공덕의 어머니.
일체 모든 선법을 기르며 의심의 그물을 끊고
애욕을 벗어나 열반의 위없는 도를 여나니.

信為道元功德母　長養一切諸善法　斷除疑網出愛流　開示涅槃
無上道

—《대방광불화엄경》 현수품

포교당을 개원한 지 십 개월이 되었지만, 시골이라서 그런지 찾아오는 불자가 거의 없었다. 늘 한가하여 혼자 경을 읽으며 시간을 보내는 게 대부분의 소일거리였다.

하루는 점심시간에 헐레벌떡 젊은 처사님 한 분이 삼층까지 뛰어 올라왔다. 처음 보는 처사님이었다. 점심시간에 급히 부처님께 절을 하고 오후 일을 하려고 포교당에 올라왔다고 하였다.

부처님께 참배하는 데 방해가 될까 모른 체하며 한쪽 구석에서 속으로 경을 읽자니, 처사님은 한참 동안 절을 하신다. 아마 백팔 배를 하였으리라. 갈 때 간단한 인사만 하였으니 무슨 일을 하는지, 어디에 사는지 알 길은 없었다. 그러나 그 이름 모를 처사님의 방문은 내게 더없는 위로가 되었다. 우연이라도 신심 있는 불자님을 만난다는 건 다시없는 보석을 발견한 것과 같은 큰 기쁨이다.

신심은 모든 공덕의 어머니니까.

부끄러움은
보살의 옷

가령, 스스로 바른 행을 하지 못하면서
다른 이로 하여금 바른 행을 닦게 함은 있을 수 없다.

若自不能 修行正行 令他修者 無有是處

ㅡ《화엄경》 십지품

《화엄경》의 십지+地 가운데 난승지難勝地 부분에서 '부끄러움은 옷이요, 각분은 화만이다愧爲衣覺分'라는 게송이 나온다. '부끄러움'이 보살의 옷이라니! 화들짝 놀랄 지혜가 담긴 명문이 아닐 수 없다.

여름이면 여름 승복이 없어 더위에 고생하다가 마을에 돌아가신 할아버지가 유품으로 남긴 모시옷을 한 벌 보시받은 것이 있어 작년부터 풀을 먹여 입고 다녔다. 겨울에는 누비 승복이 다 헤졌는데, 화목 난로에 쓸 나무를 해야 했기 때문이었다. 사진을 SNS(소셜 네트워크 서비스)에 올렸더니 승복이 보시물로 들어왔었다. 나와는 일면식도 없는 보살님들의 승복 보시에 "나는 참 복이 많은갑다"라고 생각을 했었다. 무소유가 중의 검소한 삶의 실천인지라 불자님들의 보시가 늘 고맙고 과분하다는 생각을 했었다. 그런데 수행자의 진정한 옷이 '부끄러움'이라니, 겉에 걸치는 옷이 아닌 속에 갈무리되어야 할 마음가짐의 '부끄러움'이 옷이라니, 경구를 앞에 두고 화들짝 놀란 마음 가눌 길 없었다.

어떤 업을
지을까

대비심을 일으켜 모든 중생 구호하려

사람과 하늘에 출현하시니 응당 이런 업을 지어야 하네.

發起大悲心 救護諸衆生 永出人天衆 如是業應作

―《대방광불화엄경》 광명각품

누군가 내게 물었다. 깨달았느냐고. 그럴 때마다 나는 대답한다. 무엇을 깨달았느냐보다는 어떤 삶을 사느냐가 중요하다고.

고승전을 읽으면, 고래로부터 깨달은 이들이 부지기수다. 언하言下에 깨닫고, 화두話頭에 깨닫는다. 또는 온갖 기연들을 만나 깨닫는다. 그런데, 업業을 이겼다는 말은 못 읽은 것 같다. 깨달음은 찰나에 이룰 수 있어도 업은 유전하는 것이기 때문이리라. 그래서 도가 높아도 업을 이기기는 힘들다는 말이 있다. 선문禪門에서야 깨달음을 강조하지만, 경經에서는 보리심을 더 강조하고 있다. 대승의 대표적 주자들의 논서에도 발보리심發菩提心을 강조하고 있다. 용수, 세친, 제바보살 등이 그렇다.

불자라면, 발보리심이란 육바라밀의 실천행임을 이미 알고 있다. 누구를 위해 어떤 업을 짓느냐가 중생으로 머무르느냐 부처로 사느냐의 갈림길이다.

관자재보살이
비추어 보는 것

관자재보살이 깊은 반야바라밀다를 행할 때,

오온이 공한 것을 비추어 보고 온갖 고통에서 건너느니라.

觀自在菩薩行深般若波羅蜜多時 照見伍蘊皆空 度一切苦厄

—《반야바라밀다심경》

믿고 받드는 마음, 신심

관자재보살觀自在菩薩이라는 말은 관세음보살의 자유자재한 능력을 달리 표현한 말이다.

어떤 기독교인이 지하철 안에서 졸졸 따라오며 내게 전도를 했었다. 예수를 믿어야 천국에 간다는 것이었다. 외면하려 했지만 끝까지 따라오며 말을 걸어 대꾸하지 않을 수 없었다.

히브리어로 여호와YEHOVAH는 '스스로 존재하는 자'라는 뜻이다. 그 스스로 존재하는 자가 어찌 여호와뿐이겠는가. 모든 존재는 스스로 존재하려고 했을 때 비로소 존재한다. 따라서 모든 존재는 스스로 존재하는 자이면서 스스로 존재하는 자의 아들이기도 하다. 그래서 자기 자신이 곧 여호와이며, 스스로의 구원자이기도 하다. 스스로 존재한다는 말은 불교적으로 관자재보살이라고 한다.

자아에 얽매이지 않는 지혜로써 일체의 고통과 재앙을 건너는 것임을 일러주었지만 그가 알아들을 리 없었다. 지옥도 극락도 자유자재로 스스로 만드는 것임을 알 리가 없었다.

그대의
마음 따라
부처님 명호도
생겨나

어떤 선남자 선여인이 신심을 갖고서 다음 부처님과 보살들의 명호를 받아 지니고 읽어 외운다면, 이 선남자와 선여인은 염부제의 가는 티끌 같은 겁을 초월하여 다라니를 얻어 모든 나쁜 병이 그의 몸에 침범하지 못하리라.

－《불설불명경》

사중 소임으로 며칠 자리를 비웠다 돌아왔더니, 몸이 불편해 기도하러 오시는 보살님께서 겨울 이불 한 채씩을 각 국장들 앞으로 보시한 것이 있었다. 아침저녁으로 기온차가 크다 보니 가볍고도 따뜻한 이불이 필요하던 차였으니 감격스럽기 그지없었다. 사중에 이불이 없었던 건 아니지만 욕심처럼 끌어안고 잤더랬다. 지난해 가을에는 승복 보시도 받은 적이 있었던 터라 그 정성에 두 손 모아 합장을 하였다. 소용되는 물품이야 가질라치면 자꾸 필요하게 되는 법이고 보니 이것저것 쌓아두게 되는 경우가 생긴다. 당장 안 쓰더라도 아까워서 쌓아두고, 주지 못해 쌓아두기도 한다. 그렇게 살지 말자고 다짐도 하던 터였다. 그런데 이런 마음에 반反하여 멀리 사시는 보살님이 직접 연꽃 그림을 그리고 거기다 정성스레 수까지 놓은 좌복을 보내왔다. 그러니 이만저만 걱정이 아니었다. 내가 이런 선물을 받아 누릴 자격이 있던가 하는 자문 때문이었다. 돌아볼수록 부처님 앞에서 고맙고도 부끄러운 날이 이어지고 있었다.

차별이 없는
세계

저 모든 보살들이 가진 이름과 세계와
부처님 명호가 모두 같고 차별이 없었다.

彼諸菩薩所有名字 世界 佛號 悉等無別

—《대방광불화엄경》 수미정상게찬품

《화엄경》수미정상게찬품을 읽으면, 세존께서 수미정상에 오르셔서 제석궁에 앉으셨는데 시방의 미진수 세계에서 보살들이 와서는 부처님 발아래 절을 하고 법문을 듣는 구절이 나온다. 수미정상 법회는 지상이 아닌 하늘에서 이루어지는 법회다. 그런데 낱낱의 보살들 이름이 그들이 온 세계와 부처님의 명호와 같았으니, 나와 세계와 부처가 차별 없이 동등하며 같은 이름이다.

비닐하우스를 짓고 아직 부처님 점안을 하지 않았을 때, 십년간 알고 지내던 보살님이 찾아왔었다. 아직 단에 모시지 못한 부처님께 절하는 대신 내게 삼배를 올리겠다고 하였다. 평소에 삼배를 받지 않는 탓에 손사래를 쳤지만, 나무나 돌로 만든 부처님께도 삼배를 하는데 스님께 삼배를 못 할 이유가 없다며 내 앞에 불전을 놓고 부득불 절을 하였다. 그분은 나를 부처님으로 여겼지만, 내겐 그 보살님이 부처님으로 보여 꿇어앉아 맞절을 하였다.

불사의
새로운 길을
찾아서

내가 마땅히 불사하여 헤아릴 수 없는
일체중생을 제도하되 응당 그 가운데 머물지 않으리라.

我當爲佛事 度不可計一切眾生 不當於中住

ㅡ《방광반야경》마하반야바라밀무주품

한 달에 채 열 명도 찾아오지 않는 시골구석에 살면서 하루에 수백 수천 명을 상대로 매일 법문을 하고, 기도와 보시를 받아 생활하고 있는 이들이 있다. 나도 그들 가운데 한 명이다.

불사를 하겠다고 작은 땅을 구입해 놓고도 거처할 방 한 칸 없는 생활이 이어지고 있었다. 불사에 별 욕심이 없는 건 게으름 탓일 수도 있겠으나 불사의 목적이 중생구제에 있다면 건물은 말 그대로 욕심일 수도 있지 않을까 싶었다.

불사佛事는 사찰을 짓는 것만이 아니라 부처님을 섬기는 모든 일을 의미한다. 지금은 외향적 건축 불사의 시대를 지나 무형의 불사가 이룩되는 시대를 맞았다. SNS를 통해 지역과 국가를 벗어나 세계인을 상대로 법문을 하고 중생구제의 불사가 이루어지고 있다. 이 광범위한 네트워크가 시골 촌구석에 사는 나로서는 다행이 아닐 수 없는 복이다.

지옥을

아무나 가나?

내가 이제 이 대비 방편으로 이 악인에게 살생의 죄를 저지르지 않도록, 또한 동료 오백 명도 편안히 귀국할 수 있도록 하고자 한다고 마음으로 빌었다.

─《불설대방선교방편경》

성철 스님의 "나는 지옥에 간다"는 열반을 앞둔 마지막 말씀이 있다. 참으로 대자유인다운 기풍이 배어 나오는 말씀이다.

선한 오백 명의 장사치들이 탄 배 안에 어느 악한 이가 한 명있었다.

악한 이는 오백 명을 죽이고 재물을 약탈하려는 계획을 품고 기회를 엿보고 있었다. 오백 명의 선한 이 가운데 한 명이 이것을 알아채고 어찌해야 하나 고민하였다. 이것을 알리면 착한 오백 명이 합심해서 한 사람을 단체로 바다에 빠뜨리는 죄를 범할지도 모른다. 그렇다고 아무리 살펴봐도 악한 이가 마음을 고쳐먹을 리도 없는 상황이다. 그래서 결국 선한 다수의 목숨을 위해 이 사람은 자신 혼자 죄를 짓기로 결심하고 악인이 잠든 틈을 타서 죽이게 된다. 이 선한 한 사람이 오백 명을 위해 지옥에 스스로 걸어 들어가게 되지만 악인이 오백 명을 죽이는 죄는 면하게 만든 셈이다. 이 선한 한 사람이 바로 전생의 석가모니 부처님이었다고 전하고 있다. 그러고 보면, 지옥도 아무나 갈 수 있는 게 아닌 듯하다.

참
불
자

만약 모든 법성을 통달한다면
있고 없고에 마음이 움직이지 않고
세상을 구제하려 부지런히 수행하나니,
이를 부처님 입으로 난 참불자라 하느니라.

若能通達諸法性 於有於無心不動 爲欲救世勤修行 此佛口生
眞佛子

ー《화엄경》 십지품

언제부턴가 '참나를 찾아서'라는 불교 슬로건을 자주 접하게 된다. 템플스테이를 비롯한 대부분의 신행 활동에 타이틀로 붙는 문구다. 이 문구를 볼 때마다 '참나'라는 것이 과연 있기나 한 것인지 자못 궁금하였다. 우리가 말하는 '참나'라는 말을 인정하면 모든 경전과 논서에 그토록 경계했던 상견常見인 아상我相에 빠지기에 십상이고, '참나'라는 것이 없다면 단견短見인 허무에 빠지기에 십상이다. 진정한 나란 것이 따로 있다는 생각은 기독교의 영혼설과도 맥이 닿아 있어 영원불변의 내가 따로 있는 것으로 오해를 사기에 충분하다. 불자라면 논증 불가능한 관념에 사로잡힐 게 아니라, 지금 내가 어떻게 살고 있는지를 살펴볼 일이다. 특히나 수행자라면 온갖 고통과 번뇌를 불러오는 악업을 멀리하고 선업을 증장하는 일이 중요하다. 그게 참불자의 수행이자 세상을 구제하는 방법일 것이다.

불모대준제보살의
마음 베푸소서

모든 악을 짓지 말고 온갖 선을 받들어 행하라.
스스로 그 마음을 깨끗하게 하는 것
이것이 모든 부처님의 가르침이다.

諸惡莫作 諸善奉行 自淨其意 是諸佛敎

－《증일아함경》 서품

十이월 하고도 마지막 한 주를 남겨두고 '지난날 쓴 글들 중에서 건질 만한 게 있었던가' 자문하였다. 부끄러웠다. 온갖 말과 온갖 행동과 온갖 일들이 선을 받들어 행하는 게 아니었다면 무슨 의미가 있을까 생각하였다. 수행이라는 것도 마음을 깨끗하게 하는 일 아니던가. 깨끗함도 더러움도 없는 게 본래의 마음자리라지만 업 앞에서 어디 그렇던가. 업인과 업과 앞에서는 변명이 통하지 않는 게 세상 이치였으니 말이다. 그래서 불교대학 강의에서 했던 말을 감히 올린다.

절간의 스님이 불자를 키우는 게 아니라 불자님들이 스님들을 키워 부처로 만드는 것입니다. '불모대준제보살'이지요. 못난 중 보더라도 언제 인간 만들까 염려하는 부모인 양 자비를 베푸소서.

무진혜공덕당천왕은 일체 근심을 놓아버리게 하는

큰 자비바퀴 해탈문을 얻었다.

無盡慧功德幢天王　得滅除一切患大悲輪解脫門

―《화엄경》세주묘엄품

큰 불사가 있으면 보통 시련의식侍輦儀式을 먼저 하게 된다. 시련은 사중의 모든 대중이 부도전과 비림 앞에서 도량의 불보살님, 옹호신중과 역대 조사 스님의 영가 등을 봉청해 모시고 재를 지내는 의식이다.

행사의 진행은 나팔을 불며 앞서 길을 열면 향로를 받쳐 든 스님이 뒤따라간다. 이어 인로왕번引路王幡과 오방번伍方幡을 든 스님들이 따르고, 가마 모양의 연輦에 위패를 모신 스님들을 따라 오색기불기대형과 태극기대형, 불기佛旗와 십바라밀기, 청사초롱의 등을 든 불자들이 '석가모니불' 정근을 함께하며 뒤따른다.

그러고 보면 사람의 할 도리에 진인사盡人事하고, 도량의 옹호신중께 마장이 없도록 의탁하게 되는 대천명待天命을 마쳐야 한다. 출가한 후 처음에는 의식이 번거로웠지만, 이제 불가의식이 사람을 얼마나 겸허하게 만드는지 알게 된다. 나이를 먹는다는 건 하늘 아래 낮아지는 일이다. 가장 낮아지다 드디어 땅보다 낮아지는 일이다.

업경대를
살펴보다

천자들이여, 너희들은 이 업경에 비치는 그림자를 관찰하라.
갖가지 업의 과보 가운데 보시의 과보가 있다.

天子 汝等觀是業鏡之影 種種業果中布施果

－《정법념처경》제30권

큰절에 행사가 있어 사부대중이 복작거린 날이었다. 오랜만에 뵙는 보살님 내외와 행사를 마치고 따로 차를 마시기로 했다. 그런데 행사가 끝나고 한참을 기다렸는데 부부는 오질 않았다. 못 오시는가 보다 했다. 그러다 전화가 와서는 행사를 마치고 나오자니 거사님 신발이 없어졌단다. 혹시나 해우소에 급히 가야 할 사람이 신고 갔나 보다 하여 한참을 기다려도 오지 않더란다. 모든 손님이 다 돌아간 뒤에도 끝내 신발이 보이질 않아 슬리퍼를 얻어 신고 이제야 약속 장소로 온다는 것이었다. "잘 되었습니다. 신발 없는 이에게 큰 보시 잘하셨으니 좋은 일만 기다리겠습니다"라고 위로하고선 댓돌에 벗어놓은 내 신발을 바라보았다. 제법 낡았다. 새로 만들어져 내 발에 신겨진 날부터 지금까지 걸어온 길을 나보다 더 잘 알고 있을 물건이었다. 나보다 나를 더 잘 아는 것이 신발이라니, 내가 나를 스스로 속일 수 있을지언정 전생을 비추는 업경대 같은 신발의 증언 앞에서는 참 할 말이 없었다.

결박이 때이고, 지혜가 없애는 것이다.
나는 지금 지혜의 비로써 이 결박을 쓸어버리리라.

縛結是垢 智慧是除 我今可以智慧之掃此結縛

−《증일아함경》 선지식품

거제 학동흑진주몽돌해수욕장 일 킬로미터 위쪽에 작은 몽돌해수욕장이 있다. 근 십 년 만에 찾아갔었는데 해수욕장으로 들어가는 길이 없어졌다. 마른 풀만 무성했다. 길에서 장사하는 사람에게 물어보니 사람들이 하도 쓰레기를 버리고 가서 해수욕장 들어가는 길을 땅 주인이 포클레인으로 뒤엎어버렸다는 것이다. 차라리 잘된 일인지도 모른다. 그 풍경 좋고 작은 몽돌해수욕장을 못 볼지언정 더 이상 자연 파괴는 없을 테니 말이다.

사중의 모든 대중이 권역을 대청소했다. 승속이 모두 어우러져 빗자루며 삽과 자루를 들고 사찰 관람객들이 버리고 간 종이며 비닐 등을 비롯한 묵은 낙엽까지 줍고, 쓸고, 끄집어내어 담았다. 무심히 지나쳤을 때 안 보이다가 막상 청소를 하려니 곳곳에 쓰레기가 눈에 띄었다. 국립공원도 사찰 문화재도 좀 쉴 시간이 필요하지 않을까 싶었다. 사찰 문화재는 시간이 지나면 저절로 지정되는 게 아니다. 숱한 세월에 걸쳐 숱한 정성으로 보존한 까닭이다.

정화의 물을
흘려보내자

'나'라고 하는 생각을 벗어나야 곧 깨달을 수 있고
항상 진리를 보아야 본래 무無임을 안다.
가령 세속을 따르고 스스로 깨닫지 못한다면
어두운 곳에서 장님을 따르는 것과 같다.

─《수행도지경》 행공품

절 안에서 정치적 계산이 난무한다면서 "승가도 썩을 대로 썩었다"며 비방하는 이가 있었다. 승가가 정치적이며 썩고 고인 구정물일 수도 있지만, 정화의 물이 끊임없이 유입되면서 흘러가는 거대한 강물과 같다고 설명해도 그는 자기의 뜻을 굽히지 않았다.

생각해 보면 정치적이라는 것은 인간의 본질적 삶의 방법이다. 힘의 논리를 따라 패거리와 집단을 이루며 결국 권력의 향방에 따라 국가가 만들어지고 전쟁을 일으키며 약탈을 일삼았던 인류의 역사가 이를 대변한다. 인간의 성품은 생각하기에 따라 달리 변하는 것이지 원래 더럽지도 깨끗하지도 않다는 선사들의 가르침을 이해시키려는 나의 노력은 결국 수포로 돌아가 버렸다. 끝까지 굽히지 않는 자존심에 대고 "네가 생각하는 그런 더러운 곳에서 너는 왜 사느냐!"는 인내심이 바닥나버린 말을 했기 때문이었다. 헤어지고 난 뒤 후회를 했다. "너와 내가 함께 반성하며 살자"는 자기성찰이 없었기 때문이었다. 부끄러웠다.

선남자여, 그대의 말과 같이 이 대중 중에서
한량없는 보살들이 있으나,
이 보살들은 다 중대한 책임이 있나니,
이른바 대자대비大慈大悲니라.

―《대반열반경》교진여품

대만불교를 한마디로 표현하면 '인간불교'라고 한다. 인간불교란 말이 신적인 존재로서의 붓다를 믿는 종교가 아니라는 말이기도 하고, 인간적인 붓다의 말씀을 따르는 것이기도 하며, 인간을 중심으로 둔 불교이기도 할 것이다. 곧 사람과 사람의 소통과 상생을 중시하는 불교라는 말일 것이다.

나도 절대신적인 붓다보다는 인간 붓다가 좋다. 여든까지 살다 가신 인자한 할아버지 붓다가 깨달은 뒤 신적 존재로 추앙받는 절대 진리의 붓다보다는 더 매력적이다. 춘다의 마지막 공양을 받고 혈변을 보시며 목마르다고 물을 찾는 붓다가 눈물겹고 더 존경스럽다. 자책하는 춘다에게 네 잘못이 아니라 여래가 때가 되어 간다는 말로 위로하는 그 모습이 도솔천에서 흰 코끼리를 타고 내려오는 붓다보다 더 매력적이다. 태어나자마자 일곱 걸음을 걸으며 '천상천하 유아독존' 일갈하는 신화적 붓다보다는 맨발로 노구를 이끌고 사라쌍수로 절뚝거리며 걸어가는 모습에 더 신심이 난다. '인간불교' 그 인간 냄새나는 불교가 수행자의 깨달음이길 바란다.

처방 처방중의

수보리야 어떻게 생각하느냐?
몸과 모습으로 여래를 볼 수 있느냐?

須菩提 於意云何 可以身相 見如來不

―《금강반야바라밀경》

"스님, 나는 누구일까요? 어떻게 살아야 할지 모르겠어요." 한 의원에서 울화증이라 진단받은 젊은 신도가 질문을 던졌다. 숱한 사람들이 안으로는 스스로에게, 밖으로는 선지식에게 답을 찾던 물음이다.

"나는 누구인가?"

부처님께서는 깨달음을 이룬 뒤 '나는'이라는 단어를 극도로 배격하셨다. 스스로를 지칭하여 '여래'라 하셨다. 얼마나 쉬운가. 이리 쉬운 걸 그리 혼돈 속에서 헤맨다.

나는 '여래'다. 내가 '나'라고 여길 때 온갖 괴로움이 생기고 괴로움이 쌓이는 법이었다. 괴로움은 그저 그 괴롭다고 여기는 그 무엇일 뿐이고 '여래'는 여여한 존재일 뿐이다.

비닐하우스 처소도 해가 지니 선선하였다. 여래가 그 선선함을 그저 느끼며 즐긴다. 가을은 스스로 얽어맸던 족쇄를 풀고 자유롭게 '나'를 놓아주기에 좋은 계절이다.

'여래'는 자신에게도 타인에게도 한없이 너그러워지는 최고의 처방약이다.

사
람
불
사

범지여, 내가 이제 아뇩다라삼먁삼보리심을 발하노니,
내가 보살도菩薩道를 행할 때 대승大乘을 닦아서
불가사의한 법문에 들어가 중생을 교화하여 불사佛事를 짓되,
마침내 오탁汚濁의 세계와 더러운 국토를 원하지 않노라.

ー《비화경》대시품

비닐하우스를 치고 부처님을 모셨을 때 그냥 판잣집이나 한 채 짓고 공부하며 살 생각이었다. 지금 다시 생각해도 그 마음은 변함이 없어 집을 못 지어도 큰 아쉬움은 없다. 진정한 불사란 사람 불사다. 건물을 짓고 신도를 모으는 게 아니라 어린이와 학생을 키우는 일이 미래를 위한 불사다. 법정 스님이 인세를 모아 장학금을 만들어 보시한 이유가 거기에 있었다. 지금도 기도라는 이름으로 건물 불사에 매진하고 불자들의 욕심을 부추기는 일이 비일비재한 일이고 보니 중으로서 죄송스럽기 그지없다. 사람 중심의 불교가 진작되길 바랄 뿐이다.

평소에 사람 불사에 대한 내 생각에 동의했던 도반이 어려운 시골 살림에도 불구하고 장학금을 전달했다. 집이 어려워 아르바이트하며 대학교에 다니는 학생으로 선발했다. 나는 가을에 장학금을 전달하기로 했다. 내 생각에 동참해 준 도반이 존경스럽고 고맙다. 아마 점점 장학금이 늘어날 테다. 암, 기도란 모름지기 그런 것이니까.

밥
세
끼
가

과
분
한
이
유

어떤 것을 한 법이라고 하는가?

이른바 이 몸은 무상無常한 것이라고 생각하는 것이다.

그 법을 잘 닦아 행하고 널리 연설해 펴면,

곧 신통을 이루고 온갖 어지러운 생각을 버리며,

사문과를 체득하고 스스로 열반을 이룰 것이다.

─《증일아함경》십념품

생각해 보면 난 애초에 큰스님 될 종자는 아니었다. 상좌가 없으니 큰스님 소리 들을 일 없고, 큰절의 주지가 못 되니 큰스님 소리 들을 일 없고, 하버드 박사는 고사하고 일반 대학교 박사도 안 되니 큰스님 되기는 글렀고, 선방 선원장이나 그만한 직책이 없으니 큰스님 되기는 글렀고, 나이가 오십 대니 아직 젊어 큰스님 소리 들을 일 없고, 더 늙은들 돈 없는 중에게 큰스님 소리 해줄 리 없고, 점이나 사주를 볼 줄 모르니 큰스님 소리 들을 일 없다. 키까지 작으니 죽을 때까지 더 클 일도 없다.

누가 큰스님 되시라는 말을 하긴 하는데 내 꼬락서니를 아무리 살펴도 큰스님 될 싹수는 애초에 없었다. 그래서 큰스님 되기를 이미 포기했으니 매일 먹는 밥 세끼가 과분하고 그저 고마울 뿐이다.

선여인아! 내가 지금 발원하여 보리를 구함은 모든 중생을 안락
케 하고자 함이니, 일체중생을 연민하여 구제하고자 하노라.

善女! 我今發願求於菩提 爲欲安樂諸衆生故 憐愍救濟一切衆生

—《불본행집경》

'자리이타기도' 첫 모임을 가졌다. 내가 명명한 기도법이다. 기도란 나도 좋고 남도 좋은 기도여야 보살의 원력에 부합하는 기도가 된다. 한편, 경전에 기도란 말이 있을까? 내가 읽어본 경전에는 아직 기도란 말을 본 적이 없다. 단지 발원이라는 말이 경전에는 중요하게 강조되고 있다.

누군가 발원이 곧 기도라는 말이 아니냐고 물었다. 기도와 발원은 비슷한 말이기는 하지만 그 성격이 확연히 다르다. 발원은 보살행을 다짐하고 실천하기를 서원하는 것이다. 보살행은 부처님의 삶을 따라 살겠다는 구도의 마음이다. 기도가 개인의 욕심을 채우려는 중생심을 벗어나 보살심이 되려면 남을 위해 기도해야 한다. 돌아가며 남을 위해 합심기도를 하다 보면 나를 위해서도 남이 기도해 주는 차례도 오기 마련이라 결국 나도 좋고 남도 좋은 자리이타 보살심이 저절로 이뤄지는 기도모임이 된다. 이런 기도법은 도반애도 증장된다는 게 기도의 덤이라면 덤이었다.

말뚝 구덩이

발우를 가지시고 걸식을 하시는데
중생을 복되게 함은 거칠거나 고움이 없으며
보시하는 집에는 주원呪願을 하시어
세상마다 편안하고 고요하게 하십니다.

－《불설보요경》 제29권

집 한 채 짓지도 못하는 묵정논에 구덩이를 파놨더랬다. 말뚝 하나 박을 참이었다. 무른 밭 땅심에 박은 말뚝 위로 전깃줄을 걸고 비닐하우스 토굴에 앉아 세상의 소리와 그대의 소식을 듣고자 했다. 그곳에 물이 고이고 여름이면 개구리가 놀았다. 달이 눈여겨보다가 밤치장을 하곤 하였다. 별이 철러렁 외출을 불안해하기도 했다. 낙엽이 날아와 바람에 파문을 묻기도 하였다. 말뚝 하나 박을 준비는 마쳤지만 내게서 나갈 익지 못한 말들은 꼭꼭 쟁여두었다. 그대의 의도를 받아들이고 함께 울고 웃을 준비를 하지만 몇 해가 지나도 그 자리는 늘 휑하니 비어 있었다. 못 올 기별이나 안고서 말뚝은 웅덩이 곁에 누워 있었다. 그대가 오고 내가 그대에게로 통하는 자리, 꼼짝도 못 할 자리 하나에 준비가 더 필요했나 보다. 그 편안과 고요를 연습하는 중이었다. 다른 건 어쩌면 다 필요 없었다. 나는 발우 하나 들고 걸식의 길을 나설 준비를 언제 마칠지 늘 죄송한 마음이었다.

업과는
받는 이에게
달렸어라

망명網明보살이 말했다.

"제가 잘 참고 견디어서 모든 중생들을 위하여 항상 광명을 나타내어 일체의 묶임結을 없애겠나이다."

—《결정비니경》

똥을 아무 데나 눈다고 행복이를 야단쳤는데, 이른 아침 딱새 부부가 포로롱 날아와 개똥을 맛있게 쪼아 먹는다. 개똥도 약이라고. 우리는 눈 주위에 깨알 같은 진드기가 붙었길래 눕혀 놓고 진드기를 잡아주었다. 무관심도 병이라고.

뉘는 전생의 업과業果로 인해 몸을 받고, 괴로움을 당한다고 설명했다. 그러나 과연 그럴까? 세상의 모든 존재는 의도했든 의도하지 않았든 지고 가야 할 제 나름의 몫이 있는 법이었다. 기쁘게 받아들이느냐 원망과 불평으로 받아들이느냐가 각자의 경계다.

업과가 있느냐 없느냐 하는 논쟁도 그러하다. 모두 자신의 기준으로 판단하는 게 문제다. 업을 기꺼운 마음으로 받아들이는 사람은 업과가 있어도 그만, 없어도 그만이다. 그러니 업과란 없다고 한들 허물이 될 리 없다. 그런데 부딪히는 경계마다 힘들고 번뇌가 된다면 그에게는 삶의 업과가 모두 역연해진다. 자유란 것은 인식에 얽매인 채 업과를 짊어지느냐 적극적이고 긍정적으로 업과라는 인식을 벗어나 보살의 마음으로 사느냐의 문제이다.

발원하러
절에 가자

부처님의 공덕을 예찬하는 모든 공덕
깨끗하여 더러움 없는 깊은 마음
회향 발원하여 가없는 복을 얻어
반드시 육십 겁 동안 나쁜 세계 뛰어넘기를.

—《금광명최승왕경》

믿고 받드는 마음, 신심

불교에서는 기도라는 말 대신 발원이라는 말을 사용한다. 기도라는 말이 불교에 언제부터 쓰였는지는 알 수 없으나 팔만대장경 경전에서는 겨우 서너 번 잠깐 등장하는 단어다. 기도라는 말이 있긴 있어도 천신과 양에게 도움을 바라는 샤머니즘적인 단어요, 불보살님이 중생을 버리지 마시기를 바라는 짧은 바람이다. 그런데 불자들마다 사찰에 가면서 '예불하러 간다'는 말이나 '발원하러 절에 간다'라는 말보다 '기도하러 간다'는 말을 더 자주 사용하고 그런 신행 생활을 당연하다 여긴다.

기도는 절대 신에게 소원을 비는 행위거니와 발원은 그런 행위와 사뭇 다르게 중생의 소원을 이뤄주고 구제하려는 마음이다. 따라서 불교에서의 발원은 스스로 보살의 삶을 살기를 서원하는 삶임을 알 수 있다. 그게 육바라밀이고 사홍서원이며 수행이다. 스님들도 '백일기도'나 '천일기도'라는 말보다는 '백일발원', '천일발원'이란 말을 사찰에서 사용한다면 중생심 가득한 사람도 백 일 중 열흘쯤은 보살의 삶을 실천할 수 있지 않겠는가.

신
행
의

반
성

중생은 눈眼이 미혹함으로써 생사에 얽매임이 계속하여 끊어지
지 않고, 생사의 흐름에 표류하면서 갖가지 괴로움을 받는다.

—《대방등대집경》

큰절에 마음공부 한다는 불자 수백 명이 와서는 네 시간 넘게 들썩거리다 갔었다. 마음공부가 아니라 떠들면서 스트레스 풀러 온 듯해서 답답하고 안타까웠다. 밖으로 들레는 일은 마음공부 하는 초심자들에겐 상극의 처방이다. 고요함 속의 지혜를 초심자들이 어떻게 찾겠는가.

불자들은 망망대해에 표류하는 목마른 이들과 같다. 갈증 같은 저마다의 소원들은 해저처럼 깊고, 마음 둘 곳 없는 존재의 고독감은 방향 없는 돛처럼 펄럭인다. 억눌린 삶의 무게는 풍랑처럼 무겁고, 그 누군가에게 의지하고픈 마음은 부러진 노처럼 정처가 없다. 바닷물을 마시고 더 깊은 갈증의 소용돌이에 떨어지는 표류자들에게 저 언덕의 배 댈 곳이 필요하다.

땅시울에서 솟아나는 맑은 샘물이 필요하다. 바람 따라 출렁이는 마음바다 살피는 공부가 필요하다. 다시는 갈증을 일으키지 않는 청정 샘물의 마음 근원을 찾도록 도와주어야 한다. 밀물처럼 휩쓸려 왔다가 썰물처럼 휩쓸려 나가는 절집 신행信行에 반성이 있어야 한다.

회향을
기도하다

어떤 것을 그 회향이 무량하다고 하는가? 모든 중생들에게 회향하는 것과 같이 모든 중생들로 하여금 무생증無生證을 얻도록 하는 것이며, 저 부처님의 열반으로써 반열반하도록 하는 것이다.

─《관세음보살수기경》

새벽예불에 거사가 올라와서 꽃 공양을 올렸다. 예불이 끝나고 차를 대접한 뒤 어쩐 일로 오셨냐고 물었더니, 사업에 중요한 일이 있어서 발원이 이뤄지길 기도했는데 스님께서도 기도해 달라는 것이다. 도반이 압박을 가한다.

"주지 스님 기도가 중요하겠네."
"기도해 드려야지요."

될지 안 될지는 몰라도 내가 해야 할 일이긴 하다. 내게 무슨 특별한 신통력이나 점을 치는 능력은 없다. 오로지 잘 되기만을 바랄 뿐. 그것이 보살의 마음 씀씀이다. 어떤 이가 절에 와서 자신은 부처님께 특별히 바라는 바 없는 기도를 한다고 했다. 그래서 바라는 바 있는 기도가 잘못된 게 아니라 기도의 발원이 이뤄지면 더 큰 사회적 환원으로 돌리겠다는 보살심이 함께 어우러져야 진정한 기도라고 했다.

중생의 욕심이냐 보살심이냐의 차이는 종이 한 장 차이다. 기도를 통해 두루 회향하려는 마음이 있느냐 없느냐의 차이임을 안다면 불교가 기복신앙에 빠졌다는 말도 사라질 것이다.

쓴맛의
소중함

무엇이 여섯 가지 맛인가? 괴로움은 신맛, 무상함은 짠맛, 내가
없음은 쓴맛이며, 즐거움은 단맛, 나라고 함은 매운맛, 항상함
은 싱거운 맛이다.

ㅡ《대반열반경》

롤빵 썰어놓고 직접 로스팅한 커피와 함께 먹는데, 입맛도 변하는지 쓴맛보다 단맛이 힘들다. 한때는 쓴맛 안 보려고 동분서주 이 눈치 저 눈치 살피던 때도 있었고, 나아가야 할 때와 물러설 때도 분간 못 해 미적거리기도 했었다. 용기 없어 사랑 고백도 못 했던 출가 전에는 실연의 쓴맛이 싫고 상처받는 게 무서웠다.

나이 들고 빵 몇 조각 접시에 담아 놓고서야 쓴맛보다 단맛 무서운 걸 새로 배우노라니 우습다. 쓴맛을 가만히 음미하면 입안에 단맛이 고이기도 하지만 단맛은 도무지 음미가 안 되고 금세 질려버리니 이어 먹기 오히려 고역이다.

그러고 보니 내 인생의 쓴맛들은 모두 고마운 참맛이기도 하였다. 실패했던 경험은 위로의 할 말이 되었고, 사람에 대한 상처는 타인을 이해하는 자양분이 되었으며, 가난은 자족할 줄 아는 마음의 밑거름이었다. 어눌한 말 품새는 언어를 신중히 쓰도록 스스로를 훈련시켰다.

그러니 쓰디쓴 자신의 약점이 얼마나 소중한 자산인가. 쓰디쓴 환경이 인격을 얼마나 성숙시키는가 말이다. 고苦라는 글자

가 '쓴맛'이고 보면, 번뇌와 괴로움 가득한 사바세계가 극락보
다 좋은 스승이다.

향수해
연꽃 핀 바다처럼 향기로웠다

초판 1쇄 발행 2020년 12월 28일
지은이 도정
펴낸이 오세룡

기획·편집 김영미·유나리·박성화·손미숙·김정은
취재·기획 최은영·곽은영·김희재
디자인 행복한물고기Happyfish
       고혜정·김효선·장혜정
홍보·마케팅 이주하

펴낸곳 담앤북스
주소 서울특별시 종로구 새문안로3길 23 경희궁의 아침 4단지 805호
대표전화 02-765-1251   **전송** 02-764-1251
전자우편 damnbooks@hanmail.net
출판등록 제300-2011-115호

ISBN 979-11-6201-263-5   03810

정가 14,000원